W0384534

Collection MAX DU VEUZIT

UN SINGULIER MARIAGE

A la librairie TALLANDIER

Dans la même collection :

1. L'Étrange petit comte.
2. La Jeannette.
3. A l'ombre d'un cœur.
4. Vers l'unique.
5. Le vieux puits.
6. Moineau en cage.
7. Le Mystère de Malbackt.
8. Les Héritiers de l'oncle Milex.
9. Petite comtesse.
10. L'Homme de sa vie.
11. L'inconnu de Castel-Pic
12. Nuit nuptiale.
13. Mirages.
14. L'Automate.
15. La Belle étrangère.
16. L'Amour relève le gant.
17. Rien qu'une nuit.
18. Cousine Yvette.
19. Sainte-Sauvage.
20. Fille de prince.
21. Arlette et son ombre.
22. La mystérieuse inconnue.
23. L'enfant des ruines.
24. Le cœur d'ivoire.
25. Moustique.
26. Chatelaine un jour.
27. Mariage doré.
28. Sa maman de papier.
29. Un singulier mariage.

MAX DU VEUZIT

UN SINGULIER MARIAGE

LIBRAIRIE JULES TALLANDIER
17, rue Remy-Dumoncel, PARIS (XIVe)

UN SINGULIER MARIAGE

CHAPITRE PREMIER

Par la haute fenêtre en ogive, étroite et austère, j'aperçois la grise étendue des *Highlands,* cette sorte de steppe dénudée et vallonnée, noyée en ce moment par une pluie persistante et fine. Je vois s'estomper, dans le lointain, perdues dans la brume, les courbes incertaines, battues par le vent, du glen désertique.

Est-ce bien moi qui suis là, devant ce paysage sans espoir ? Est-ce bien moi, Christiane Chambreuil, qui me trouve ici, dans cette chambre glaciale, en face de cette patrie du spleen et du brouillard, entourée de murs hostiles et de gens inconnus ?

Je suis obligée de me pincer pour réaliser pleinement la réalité de ce cauchemar, pour me persuader que je ne rêve pas, pour me convaincre que c'est bien de moi qu'il s'agit, que cette demeure s'appelle *Uam-Var* — la Grande Caverne — et que, si j'y suis, c'est de ma propre volonté, car personne ne m'a contrainte d'y venir, ni ne m'y a traînée de force.

Je m'arrache, pour quelques instants, à cette fenêtre et à ce panorama déprimants. Mes yeux tombent sur le large miroir qui se trouve en face du haut lit à baldaquin que je viens de quitter.

Il n'y a aucun doute, il s'agit bien de moi. Cette personne qui se reflète dans cette glace dont le tain a presque noirci, sous l'outrage des années, et qu'on voit mal dans l'incertitude de cette lumière fantomatique environnante, est bien Christiane Chambreuil. Aucun doute là-dessus ! Les traits sont légèrement déformés par la surface de la glace qui n'a pas l'air d'être tout à fait plate, mais c'est néanmoins de moi qu'il s'agit.

Et c'est bien en haute Ecosse que je me trouve.

La chambre que j'occupe n'est pas, comme à Paris, à deux cents mètres de la place de la République ; cette contrée pluvieuse, où l'on n'aperçoit que les bruyères et les rocs, n'a rien du paysage séquanais. Le silence impénétrable qui m'entoure ne risque pas d'être interrompu, d'une minute à l'autre, par le rire frais de mes deux petites sœurs, Madeline et Rose-Marie, ou par les appels tendres et doux de ma mère chérie.

Adieu, Paris ! Adieu, Madeline ! Adieu, Rose-Marie ! Adieu, maman ! Adieu, Jacques !

Cette fois-ci, c'est vraiment sérieux. Il n'y a absolument pas moyen de revenir en arrière. Je ne sais pas si j'ai raison ; j'ignore si je n'ai pas commis la plus grande et la plus irréparable sottise de mon existence ! Mais il y a une chose certaine et sûre : à l'heure actuelle, la route que j'ai prise est définitive... je ne puis revenir en arrière !

Un long frisson me parcourt l'échine ; un tremblement irrépressible me secoue de la tête aux pieds... Je fais un effort, je détache mon regard de l'image que le miroir me renvoie et je me rapproche de la fenêtre de tout à l'heure pour contempler, une nouvelle fois, le panorama de la lande noyée de pluie qui s'estompe dans le brouillard.

Il est sept heures du matin. A regarder la lumière qui règne sur cette région désolée, il pourrait tout aussi bien être six heures du soir. On a l'impression d'être réellement aux confins du monde, et que jamais, au grand jamais, ni une fleur, ni une éclaircie, ni un rayon de soleil, ne viennent rompre la monotonie de ce désert brumeux, ni égayer la tristesse de ce pays perdu.

Toutes les lectures de ma jeunesse sur l'Ecosse reviennent à ma mémoire. La grouse et la lande, les rivalités des clans et les chevaliers de sir Walter Scott, *Ivanhoe* et les fantômes des lochs, tout cet ensemble de légendes moyenâgeuses et de chants gaéliques d'Ossian m'entoure de présences invisibles, insinuantes, pesantes. Je n'arrive pas à me reprendre.

Mon regard se dirige encore une fois autour de ma chambre. Celle-ci tient plus du chœur monastique que de la chambre à coucher. Les hautes parois boisées, la cheminée immense, les meubles austères, le haut lit à baldaquin, tout cela, de dimensions énormes, donne une impression de grandeur et de froideur d'où toute intimité est bannie. Et dire qu'il va falloir vivre là dorénavant !

Christiane, il faut te secouer, que diable ! Pourquoi te laisser aller à tant de tristesse et à tant de découragement ? Pas de visions déprimantes, ma fille. Il ne faut pas permettre à cette ambiance délétère de déteindre sur toi.

Il s'agit de réagir, de considérer la situation bien en face et de ne pas se laisser aller au désespoir. Cessons de nous promener de long en large, asseyons-nous ici, tranquillement, en cherchant à mettre un peu d'ordre dans ce tournolement de sensations et dans ce chassé-croisé de cauchemars qui me hantent. Tâchons, une fois pour toutes, d'y voir clair.

Faisons, comme me le suggérait le Père Guérand, mon bon ami et conseiller de toujours, faisons un *examen de conscience.*

Je suis française, d'un naturel gai, sain, raisonnable. Je n'accepterai pas de perdre un seul instant aucune de ces qualités. Les moineaux parisiens sont connus pour ces deux caractéristiques qui les rendent légendaires par le monde entier : ils sont optimistes et débrouillards...

Admettons que je sois un moineau parisien en exil et agissons comme il le ferait !

*
* *

Uam-Var, comme la plupart des autres résidences des hauts plateaux que j'ai aperçues jusqu'ici, est une grande maison qui tient à la fois du château fort et de la grosse ferme. Les bâtiments, accolés les uns aux autres, ont l'air de gros rochers frileux. Les fenêtres, étroites et minces, s'y ouvrent, petites et rares.

Les résidences de la haute Ecosse ont manifestement été de tout temps les témoins de l'histoire de ce pays : la guerrc ct la pauvreté.

Il n'y a pas ici de pelouses fleuries comme dans le Sussex; pas de grands arbres et si peu de buissons! Les cours d'Uam-Var sont pavées de grosses dalles et cernées par des bâtiments de pierre presque noire. Cette teinte est la couleur immuable de tous les bâtiments que j'ai vus dans ce coin-ci.

Quand on ferme la grande porte cochère, le soir venu, on a l'impression qu'une porte de prison vient de se refermer sur soi.

Je souris, malgré moi, à la glace qui me renvoie mon image.

Bonté divine! Je ne dois cependant pas être la première femme à vivre dans ce vieux manoir ! Il a dû y en avoir d'autres, qui sont nées, qui ont grandi, qui ont vécu, qui ont été heureuses ici. Ces femmes ont certainement été jeunes. Elles ont aimé le soleil, le sourire du printemps, la joie des êtres, et tout ce qui rend le cœur content...

N'ont-elles donc pas désiré voir des fleurs, puisqu'il n'y en a nulle part ?

Ou bien ces femmes n'ont-elles jamais été heureuses ?

Peut-être le bonheur ne les a-t-il jamais effleurées de son aile ?... Peut-être n'ont-elles jamais souri et ont-elles, toujours et inlassablement, été tristes ?

Mais une autre supposition se présente à moi.

Peut-être, dans ce coin sauvage et aride, était-il plus prudent, à travers les siècles écoulés, d'ériger des murs épais, de les barder de fer, de creuser des fossés, que de songer à perdre du terrain et du temps à cultiver des plantes dites d'agrément ?

J'ai vraiment du mal à admettre que c'est bien moi qui suis venue en Ecosse, pays qui ne me semblait, sur la carte, après tout, pas si loin que cela, mais qui me paraît, maintenant, le bout du monde.

Je commence sérieusement à me demander si j'avais tout mon bon sens — ce solide bon sens qui fait la force principale du peuple français — le jour où j'ai accepté ce singulier marché... Car, il est vain de se le dissimuler : c'est bien d'un marché — pour tout dire, d'un étrange marché — qu'il s'agit.

Encore une fois, j'essaye de calmer mes appréhensions, de modérer les battements de mon cœur, de mettre un frein à la fantasmagorie d'idées et d'images qui a pris possession de mon cerveau... Il faut que je réfléchisse, que j'ordonne mes pensées et mes souvenirs.

Il faut que je *me reprenne en main,* comme nous le conseillait notre professeur de philosophie, chaque fois que quelque chose n'allait pas. Une analyse sévère — mais juste — des circonstances s'impose, si je ne veux pas perdre complètement le contrôle de moi-même et de mes réflexes.

Sinon, je sens que le regret va venir et que je vais sombrer dans le désespoir...

Posément, calmement, les yeux secs et l'esprit clair, il s'agit de revivre, sans passion, les événements.

CHAPITRE II

C'est au Tonkin que je suis née, au confluent de deux fleuves.

Une vieille coutume hindoue affirme qu'il est indispensable d'ensevelir, à la confluence de deux fleuves, les héritiers de sang royal. Ma vieille nourrise annamite affirmait que l'âme d'un prince hindou était passée, par métempsycose, dans la mienne, grâce à la particularité de ma naissance, et que je finirais sûrement dans la peau d'une reine ou quelque chose d'approchant.

C'est une histoire qui, depuis, m'a toujours fait sourire ; mais il n'en reste pas moins que, pendant toute ma petite enfance, j'y ai cru vraiment. Cela peut expliquer beaucoup de choses...

Je suis née de parents français, naturellement. Mon père, qui devait devenir par la suite officier supérieur, était au moment où je suis venue au monde, simple lieutenant. Il fut envoyé successivement à Haïphong, Hanoï et Hué, pendant son séjour en Indochine ; puis, au hasard des garnisons, il connut successivement Madagascar, l'Algérie, la Tunisie, le Maroc, pour être, en définitive, affecté au ministère des Colonies, à Paris, où il revint avec toute sa famille.

C'est peut-être de cette enfance, menée aux quatre coins du monde, que j'ai gardé le goût des voyages et l'attrait de l'aventure. Et, cependant, rien pour moi n'est comparable à Paris.

Paris ! c'est là que j'ai fait mes études, que j'ai grandi, que je suis devenue une jeune fille, là où mon caractère s'est formé, où ma nature, franche et exubérante, a pu se sentir à l'aise.

Tous mes beaux souvenirs me parlent de Paris... Les plus cruels aussi... Et les uns comme les autres me sont tout aussi chers.

Il est vrai que la vie est faite du meilleur comme du pire et que les événements marquent leur empreinte sur notre âme, indépendamment du fait qu'ils sont favorables ou fâcheux.

Il n'est même pas certain que les événements heureux contribuent à nous rendre cher un certain endroit ou une certaine ville plus que les événements tristes.

Je crois même que c'est le contraire.

Je sens que, jusqu'à ma mort, je serai profondément, intimement liée à Paris, parce que c'est là que j'ai connu mes premières souffrances et que mon père a cessé de vivre, l'année dernière...

Pauvre papa... Il a montré une grande force d'âme dans les derniers mois de sa vie, mais sa mort a été vraiment affreuse. Il a succombé à un cancer qui lui avait ravagé une partie du visage... Certains médecins ont soutenu qu'il traînait ce mal depuis son séjour en Indochine ; d'autres, au contraire, affirmaient que, seules, les années de captivité étaient responsables.

Quoi qu'il en soit, aucun n'a réussi à le sauver.

Cher papa... Pourquoi est-il parti ? Pourquoi nous a-t-il laissés, sans guide, sans soutien, ma mère, mes quatre frères et sœurs et moi-même ? Sans le savoir, sans nous en rendre compte, nous vivions heureux et sans souci quand, de près ou de loin, il veillait sur nous. Tant qu'il était là, nous n'avons jamais su ce qu'étaient le besoin ni la gêne.

J'étais encore bien trop jeune pour mesurer les difficultés financières de cette terrible époque ; mais j'ai bien compris depuis que, par rapport à la plupart des gens, nous étions alors des privilégiés. C'est même, je crois, cette sécurité dans laquelle j'ai toujours vécu durant mon adolescence qui a engendré cette insouciance qui devait me jouer de si vilains tours par la suite.

Puis, papa revenu de captivité et la guerre enfin terminée, la vie avait repris son cours normal et semblait devoir s'écouler, limpide et heureuse, sans heurts et sans soubresauts.

Je préparais ma licence d'anglais, afin de réaliser mon rêve de traduire en français les belles œuvres anglo-saxonnes encore peu connues. Et mon père approuvait mon projet.

L'aîné de mes frères, Jacques, préparait son bachot dans l'espoir de se présenter à Saint-Cyr et d'embrasser la carrière militaire.

Maurice, qui a toujours eu une tournure d'esprit pratique, comptait entrer à l'Ecole Centrale et devenir ingénieur.

Avec une précocité assez étonnante, Madeline, qui s'était toujours montrée très altruiste, avait choisi d'être assistante sociale.

Quant à Rose-Marie, notre benjamine, peut-être par contraste avec l'attitude très raisonnable du reste de la famille, elle déclarait, dans un bel éclat de rire, malgré ses douze ans, qu'elle voulait être artiste de cinéma, actrice ou écuyère de cirque.

Tout ce qui est brillant et extraordinaire l'attirait. Nous étions un peu sidérés par ces tendances assez insolites au sein d'une famille, en somme, éminemment conformiste ; mais il était sans doute nécessaire, dans l'intérêt même d'un équilibre bien compris, qu'un grain de folie et un soupçon d'anarchie vinssent, comme une sorte de levain, travailler la pâte de notre philosophie trop raisonnable.

Toutefois, au fond de nous-mêmes, nous sentions qu'avec les années Rose-Marie finirait par s'assagir et par changer d'idée.

Tous ces mirobolants projets se sont anéantis quelques mois après la mort de mon père.

Comment la débâcle est-elle venue ?... Comment tout ce qui faisait notre vie, nos espoirs, notre avenir, s'est-il effondré à la façon d'une digue s'écroulant sous la poussée des eaux, fracassant et broyant tout sur leur passage ?

Il est difficile d'expliquer un cataclysme qui bouleverse un foyer de six existences, sans qu'on ait su prévoir les mauvais coups du sort. L'orage qui s'est abattu sur la maison des Chambreuil ne laissait rien d'intact derrière lui.

Il en est ainsi, la plupart du temps, lorsqu'on est en pleine tourmente. Le manque de recul empêche de se rendre compte des dégâts. On se laisse porter par le cyclone.

On cite le cas d'un dirigeable pris dans un ouragan, ayant franchi trois cents kilomètres, pendant que ses occupants avaient l'illusion de l'immobilité.

L'aventure qui m'est arrivée est en tout point semblable ; ce n'est qu'en fin de course que je me suis aperçue du chemin parcouru et de l'abîme où nous dégringolions.

Maman était tombée malade après la mort de papa. Elle a toujours été assez fragile et son pauvre cœur n'a pu résister à l'atroce séparation... cette séparation qui, cette fois-ci, était, hélas ! définitive.

Mes parents avaient toujours formé un couple uni, sans une fêlure et sans un désaccord.

Après les funérailles, ma mère avait dû s'aliter.

C'est de la maladie de maman que tout le reste a découlé.

Les docteurs, appelés en hâte, ont été formels : il fallait absolument éviter à notre malade toute fatigue et tout souci.

Son état inspirant les plus vives inquiétudes, ce n'est qu'avec des soins attentifs et une attention extrême qu'on pouvait espérer la sauver.

Les médecins sont des gens extraordinaires. Lorsqu'ils décrètent : « Vous devriez aller trois mois à la montagne », ils ne se préoccupent nullement de savoir si vous avez seulement les moyens d'aller passer un week-end à Compiègne. Ils décident dans l'absolu, sans se soucier de vaines contingences. Pas de soucis comme si c'était au pouvoir de l'homme de n'en point avoir !

On devine combien pareil diagnostic alarma nos jeunes âmes, complètement désemparées déjà par la mort de papa. Il ne nous restait plus que notre mère. Que ce fût ou non possible, que ce fût ou non réalisable, il fallait à tout prix la sauver, se conformer aux ukases de la Faculté.

Toute notre bonne volonté, jointe à notre profonde affection, allait s'efforcer, par tous les moyens, de suivre à la lettre les prescriptions des spécialistes consultés à grand frais.

J'étais l'aînée. Dans les circonstances que nous traversions, c'était donc moi qui devenais pratiquement et j'espérais, provisoirement, le chef de famille.

Quoi qu'il en soit, il n'y avait pas lieu d'ergoter, il fallait bien en passer par là. C'était une de ces situations impératives devant lesquelles le destin vous place et à quoi il n'est pas possible de se dérober, que l'on soit ou non prêt à y faire.

La vie est autrement exigeante qu'un examen ou qu'un professeur. Il n'y a pas de repêchage. L'épreuve ratée en juillet ne peut se remettre en octobre.

Si vous êtes sur le carreau, vous y restez définitivement.

Pour commencer, je suspendis mes études. Il fallait diriger la maison et remplacer, dans la mesure de mes forces, la chère malade qui, momentanément, était dans l'impossibilité de continuer, même partiellement, sa tâche.

Je puis juger, aujourd'hui, à quel point j'étais inexpérimentée et inconsciente. Mais, à ce moment-là, je me berçais de l'illusion d'une compétence que j'étais seule à imaginer, et j'allais jusqu'à m'étonner de la facilité relative que comportait la prise en charge d'une maisonnée.

Par instants, seulement, la prescience du danger me donnait un avertissement que j'aurais dû considérer comme salutaire, mais, réqulièrement, je rejetais ces craintes d'un haussement d'épaules, en les recouvrant du manteau de mon insouciance.

La vérité est que j'étais sans expérience aucune. Cinq enfants à nourrir, à vêtir, représentaient un fardeau moral et matériel écrasant pour l'insouciante fillette que j'avais été jusque-là.

Cinq grands enfants ont les dents longues et réclament à chaque repas des plats copieux et substantiels. De plus, dans les autres manifestations de l'existence, ils ont besoin d'être tenus, refrénés, surveillés.

Germoise, la cuisinière, qui était à notre service depuis de nombreuses années, me secondait de son mieux, en cette circonstance. Malheureusement, elle n'avait aucun principe d'économie et, quant à moi, j'avoue avoir été toujours d'une incompétence notoire pour tout ce qui a trait aux chiffres et à l'administration.

Ma mère avait une telle habitude de régenter Germoise à propos des dépenses de la maison, que la vieille femme n'avait, depuis des années, qu'à se conformer aux ordres reçus. A force d'obéir, on finit par tuer en soi tout esprit d'initiative.

Quant à moi, pourvu que la table fût abondamment servie et que mes frères n'eussent pas à se plaindre, ni sous le rapport de la quantité, ni sous celui de la qualité, je ne m'inquiétais pas du prix des choses. Je ne m'apercevais pas que l'argent filait entre mes doigts malhabiles. Et Germoise, dans sa naïve candeur, faisait tout ce qu'il fallait pour que cette hémorragie continuât de plus belle.

C'était, à vrai dire, un véritable tonneau des Danaïdes !...

Il fallait payer les docteurs, payer les médicaments, payer pour l'instruction des quatre étudiants, payer pour leurs vêtements, payer pour leurs chaussures, payer pour leurs obligations mondaines et sociales.

Les billets de mille partaient, filaient. Seule, la rupture d'une digue peut donner une idée approximative de la vitesse avec laquelle l'argent roulait.

Comment n'ai-je pas réalisé, alors, que la source de cet argent n'était pas inépuisable, qu'elle finirait par se tarir un jour ou l'autre ? Il n'est pas d'exemple d'une citerne restant pleine, quand on y puise sans cesse, si des apports constants ne l'alimentent au fur et à mesure qu'on la vide.

Je vivais dans une sorte d'état second, et encore aujourd'hui je me demande par quelle aberration je ne vis point qu'un tel mode de vie ne pouvait s'éterniser. La logique aurait dû me suggérer que, obligatoirement, je courais à la catastrophe.

Mais peut-être y a-t-il une sorte d'accoutumance qui empêche de regarder les choses en face et d'en tirer les conséquences logiques ? Une accoutumance grâce à laquelle les faits les plus absurdes et les moins raisonnables finissent par paraître normaux.

Je suppose que les indigènes de certaines îles du Pacifique, où les tremblements de terre ont lieu en moyenne deux ou trois fois par an doivent considérer comme naturelles les éruptions volcaniques et trouver bizarres les années où leurs îles ne sont pas dévastées par un ou deux raz de marée.

Quand je n'avais plus d'argent en poche, je faisais signer un chèque à ma mère, qui était bien trop faible pour juger sainement de la situation et même établir la moindre addition.

Puis, j'allais à la banque le toucher. Quand, de nouveau, son montant était épuisé, je recommençais, et ainsi de suite.

Il ne me venait même pas à l'idée que notre compte pouvait se tarir.

Je crois bien que j'étais intimement convaincue que je pourrais ainsi puiser là-dedans jusqu'à la consommation des siècles, sans que le Pactole cessât de s'écouler.

Cependant, je ne faisais aucun débours inutile. Mais je dépensais sans compter. La vérité m'oblige à dire que je n'avais jamais su calculer. Il y a quelque temps, cette inaptitude aux chiffres me paraissait une affreuse monstruosité, quelque chose comme une verrue sur le nez ou une bosse au milieu du dos. Depuis, j'ai appris que je partageais cette particularité avec bon nombre d'humains, que c'était une maladie fort répandue, et que, si malade il y a, il serait peut-être plus juste de parler d'une véritable épidémie.

Je payais tout sans discuter. C'est là, à vrai dire, un trait de caractère qui n'est pas forcément lié aux questions d'argent. Tout payer sans discuter ne veut pas forcément signifier qu'on ne tient pas du tout à l'argent : cela revient à dire que l'on a horreur de la discussion.

En vérité, il en est ainsi : j'ai toujours eu horreur de la discussion. Non pas que je ne sois pas combative, pleine d'initiatives, capable de faire face aux situations les plus délicates (la suite de mon histoire l'a prouvé abondamment). Non, tout simplement j'ai horreur de la discussion.

Il me semble que toute discussion est oiseuse, que ce n'est qu'une perte de temps et un gaspillage d'énergie que l'on pourrait utilement employer à d'autres fins.

Quoi qu'il en soit, l'argent glissait comme une poignée de sable fin, entre mes doigts innocents, et, je dois le dire à ma très grande confusion, je n'ai pas vu le malheur venir.

Un beau matin... — elle est étonnante, cette formule consacrée de commencer un récit, même si ce matin-là se trouve être pour vous un des plus désagréables qui soient, — un beau matin, donc, je me présentai à la banque avec un chèque de dix mille francs signé naturellement par maman. J'avais un besoin pressant de cet argent, car c'était la fin du mois de mars, et j'avais un certain nombre de factures à régler.

Je donnai mon chèque, avec un sourire, à l'employé du guichet qui me connaissait — tout le monde me connaît à la banque. Je me souviens d'avoir même ponctué mon geste d'une remarque définitive et éminemment originale sur le temps qu'il faisait, —

il pleuvait à verse, — pendant qu'il me remettait le petit jeton en métal où était marqué le numéro par lequel je serais appelée à la caisse.

Le moindre détail de cette matinée-là est ancrée en ma mémoire. Munie de mon précieux jeton, je suis allée m'asseoir sur une banquette en face de la caisse, en attendant que l'on m'appelât. Je savais que cela demandait, en général, de cinq à dix minutes.

Mais, ce matin-là, l'attente se prolongeait. Il y avait bien un quart d'heure que j'étais assise sur ma banquette et je commençais à m'impatienter.

Soudain, une voix parvint à mon oreille :

— Mademoiselle Chambreuil !... Mademoiselle Chambreuil !...

Tournant la tête, j'aperçus alors le même employé qui, tout à l'heure, m'avait tendu le numéro d'ordre. Manifestement, il cherchait à attirer mon attention. Je mis quelques secondes à réaliser que c'était bien de moi qu'il s'agissait. En général, un des caissiers se bornait à appeler mon numéro. Je m'approchais, tendais mon jeton, on me décomptait le montant du chèque, et c'était fini. Mais, cette fois-ci, c'était bien l'employé des visas qui venait de s'adresser à moi et en m'appelant par mon nom. Bizarre !...

Je m'approchai, d'un air interrogatif.

Il avait, figé sur sa figure, un sourire stéréotypé, mais l'expression de son visage dénotait une certaine gêne.

— Vous m'avez appelée ? demandai-je, sans voir, sur le moment, la parfaite inutilité de cette question.

— Oui, mademoiselle Chambreuil.

Il se pencha vers moi par-dessus le comptoir, comme pour me confier un secret important.

— M. Bordier, notre fondé de pouvoir, désirerait vous parler, mademoiselle.

— Me parler ?

Je restai là, une seconde, bouche bée.

Je ne dis pas :

— Y a-t-il quelque chose qui ne va pas ?

A ce moment-là, je n'avais pas la moindre idée qu'il pût y avoir quelque anicroche.

— Monsieur Granger, enchaîna l'employé sans relever ma question, en s'adressant à l'huissier qui se tenait en permanence dans le hall, voulez-vous conduire Mademoiselle chez M. Bordier. Il l'attend.

Et, s'adressant à moi :

— Voulez-vous avoir l'obligeance de suivre l'huissier, mademoiselle Chambreuil ? Merci, mademoiselle.

Puis, comme si j'avais subitement cessé d'exister pour lui, il m'ignora et s'adressa à une autre cliente.

Il ne m'avait pas demandé mon avis, mais il était visible que, pour lui, l'affaire était réglée et que j'irais voir M. Bordier, sans autre forme de procès.

Il avait raison. Je suivis en effet l'huissier, sans protester et sans demander de plus amples détails.

Ma tranquillité était totale et mon âme parfaitement en paix. Nulle inquiétude ne m'habitait. Tout au plus, je pensais qu'il devait manquer une date, ou une signature, ou un cachet quelconque sur le chèque, et que cela s'arrangerait automatiquement, en quelques secondes. J'étais d'un optimisme inébranlable.

Je fus aussitôt introduite dans le bureau de M. Bordier, qui me reçut avec une courtoisie extrême, mais sans son sourire habituel de bienveillance. Il m'indiqua une chaise.

M. Bordier avait une moustache grisonnante et une paire de lunettes. Je crois que je ne l'oublierai jamais.

Il tenait à la main une règle en acier et mon chèque.

— Mademoiselle Chambreuil, ce chèque a été signée par Mme votre mère, n'est-ce pas ?

— Oui, monsieur.

— Il y a très longtemps que nous n'avons eu le plaisir de voir votre maman.

— Ma mère est très malade et ne peut guère quitter sa chambre.

— Je comprends, je comprends... Vous avez perdu votre père l'année dernière, je crois ?

— Oui, monsieur.

— Bien entendu, tout cela me paraît très clair. Votre maman n'est pas en état de tenir un compte très précis de la situation.

Que signifiaient toutes ces circonlocutions ? Où voulait-il en venir ? Comme je ne faisais pas un geste, ni ne disais un mot pour l'aider, — j'en étais bien incapable, étant donné que je ne comprenais pas du tout de quoi il s'agissait — il poursuivit, après s'être éclairci la voix, d'un air quelque peu embarrassé :

— Voyez-vous, mademoiselle, à notre grand regret... très grand regret, nous sommes dans l'impossibilité de payer ce chèque. Il ne reste à votre crédit que trois cent quinze francs. Avec notre meilleure volonté... Je comprends que votre maman, malade, ait pu se tromper. Il s'agit là, bien entendu, d'une erreur... Il me semble que vous pourriez utilement vous adresser à votre notaire. Peut-être a-t-il envisagé des dispositions pour que le compte courant de Mme votre mère soit réapprovisionné, ou qu'une nouvelle ouverture de crédit lui soit consentie. Quant à nous, nous n'avons malheureusement, jusqu'à ce jour, aucune instruction à ce sujet... Vous m'en voyez navré, mademoiselle.

Ce fut comme un effroyable coup de foudre. Je ne sais pas ce que j'ai répondu. Je ne sais pas ce que j'ai bredouillé. Je ne sais pas comment j'ai pris congé de

M. Bordier, ni comment j'ai remis le chèque dans mon sac.

Je me suis retrouvée dehors, sous la pluie, assommée comme par un terrible coup de massue.

CHAPITRE III

Tout d'abord, je n'avais pas du tout compris ce que l'incident de la banque signifiait.

J'étais rentrée, trempée, à la maison, et je m'étais bien gardée de souffler mot à âme qui vive des événements de la matinée. Surtout à ma mère !

Il ne fallait à aucun prix donner à cette dernière un motif d'inquiétude qui risquait de compromettre l'amélioration de son état de santé. D'autre part, je voulais me donner à moi-même le temps de réfléchir et d'envisager la situation avec calme.

A vrai dire, je n'y voyais pas très clair. Je me disais vaguement qu'il devait y avoir une erreur de chiffres, que le notaire avait négligé certainement de faire un transfert de titres ou je ne sais quoi de similaire.

Au fond, j'étais persuadée que tout finirait par s'expliquer et rentrer dans l'ordre.

J'étais vraiment la proie d'une illusion incroyable, en faisant preuve d'une confiance aussi aveugle qu'injustifiée !

Evidemment, le mieux était sans conteste d'aller voir notre notaire, ne serait-ce que pour en avoir le cœur net.

A peine le déjeuner achevé, je me décidai à cette démarche.

Je ne fis pas longtemps antichambre.

Me Ducourget me reçut presque aussitôt dans la grande pièce aux boiseries anglaises où j'étais venue déjà plusieurs fois après la mort de mon père.

Me Ducourget n'était pas un de ces notaires à bésicles et à favoris, comme on en rencontre dans les pièces du répertoire. C'était un homme d'une cinquantaine d'années, portant beau, habillé d'un complet de bonne coupe, l'air plutôt d'un gros industriel que d'un tabellion.

— Que puis-je pour vous, chère mademoiselle ? me demanda-t-il après m'avoir indiqué un fauteuil confortable, tout en arborant un sourire engageant.

Je le mis au courant de l'incident de la banque et de ma déconvenue — car, intérieurement, il ne s'agissait encore pour moi que d'une déconvenue.

Pour la première fois, en exposant les faits, je vis alors les événements sous leur vrai jour.

Plusieurs fois, j'avais entendu parler de *chèques sans provision.* J'avais lu, dans les journaux, qu'un tel délit conduisait parfois son auteur au Dépôt. Jusque-là, ces sortes d'actions m'étaient apparues comme des contes irréels, des choses qui se passaient dans un monde à part, absolument en dehors de celui où j'avais l'habitude de vivre.

Devant le tabellion, je fus subitement frappée par l'idée que, le matin même, que je le veuille ou non, j'avais eu à mon actif une *histoire de chèque sans provision !*

Aussitôt, je réalisai que le Dépôt n'était pas du tout une vue de l'esprit, mais bel et bien un immeuble destiné à recevoir ceux qui se permettaient ce genre de plaisanterie, et j'eus la sinistre vision d'amples barreaux et de solides cadenas !

Sur le visage de Me Ducourget, le sourire accueillant avait complètement disparu, pour faire place à une expression à la fois étonnée et soucieuse.

— Vous me voyez très surpris, mademoiselle, me déclara-t-il d'un ton gêné, lorsque j'eus terminé mon histoire. Mme votre mère est parfaitement au courant de votre situation financière, et je ne comprends pas comment elle a pu prélever la totalité de son compte en banque.

— Maman est très malade, maître. Elle n'a pas quitté son lit depuis plusieurs mois.

— Cependant, c'est bien elle qui signait les chèques.

— Oui, évidemment, mais, en vérité, c'est moi qui les libelle et ma mère ignore à peu près tout de ce qui se passe... son état ne lui permet pas de s'occuper de ces questions.

— Je vois, je vois ! Je ne savais pas que Mme Chambreuil fût à ce point souffrante. Vous m'en voyez navré. Mais je crois deviner que vous-même ne semblez pas être très bien renseignée sur votre situation...

— Papa n'a donc pas laissé chez vous des titres que l'on pourrait...

— Hélas ! non. Les quelques titres qu'il possédait ont été liquidés peu avant sa disparition. La banque avait consenti là-dessus une ouverture de crédit, puis, devant les besoins de votre père, elle les avait vendus.

— La maladie de papa a coûté très cher, je suppose.

— C'est exact. Néanmoins, au moment où votre père est mort, le compte courant, à la banque, atteignait environ huit cent mille francs, si je ne me trompe.

Je l'ignorais. Mais cela devait correspondre à la réalité.

Je baissai le nez sur ma poitrine. Je n'étais pas fière de moi.

— Je suis navré d'apprendre que vous avez pu dépenser une si grosse somme si rapidement, continua le notaire. Je suis au regret de vous confirmer qu'il n'y a plus chez moi aucun titre vous appartenant. Je suis par conséquent dans l'impossibilité de vous obtenir une nouvelle ouverture de crédit à la banque.

— Mais alors !... Comment vais-je faire ?

— Il faut vous rendre à l'évidence, mademoiselle ; votre famille n'a plus, pour vivre, à l'heure actuelle, que la retraite de votre mère.

Je me suis retrouvée une demi-heure plus tard, seule et désespérée, assise sur un des bancs du Champ-de-Mars.

La pluie de la matinée avait fait place à un pâle soleil d'hiver, qui essayait de me réconforter, comme une promesse vague et un sourire à peine esquissé.

J'avais le cœur gros. Mes yeux s'étaient enfin dessillés et je faisais mentalement le bilan de la situation.

A n'en point douter, elle n'était pas brillante.

Il ne servait à rien de chercher à maudire le destin ou de vouloir rejeter les responsabilités sur d'autres : il était lumineux que l'unique responsable était moi.

Il était hors de doute que la pension de ma mère était absolument insuffisante pour nous permettre, à sept personnes, y compris Germoise, de manger à notre faim.

Et il n'y avait pas seulement la nourriture : il y avait les études des enfants, le train de maison, les soins pour maman, etc.

Il m'est alors apparu que ma responsabilité était engagée, en pareille circonstance, d'une façon sans appel. Je me suis sentie coupable comme si, volontairement, j'avais dissipé le capital laissé par mon pauvre papa.

Le vent s'était mis de la partie et un courant d'air froid montait des berges de la Seine, tout à fait indiqué pour me rafraîchir les idées et m'apporter ainsi des clartés qui m'avaient, jusque-là, fait cruellement défaut.

Ainsi donc, dans mon aveuglement et mon impéritie, je n'avais même pas l'excuse d'avoir essayé de retarder l'échéance à laquelle je me trouvais présentement acculée. Mon inconscience avait été telle que, le matin encore, le bandeau que j'avais sur les yeux n'était pas tombé, et j'étais encore persuadée intimement que *ça s'arrangerait.*

Je ne pouvais chasser de mon esprit l'expression à la fois apitoyée et légèrement méprisante de Me Ducourget, lorsque j'avais quitté l'étude.

La seule pensée nette qui surnageait chez moi était qu'il ne fallait à aucun prix que maman s'aperçût de quoi que ce soit. Je ne savais pas encore comment j'allais m'y prendre, mais j'étais certaine que je m'arrangerais pour ne rien lui dire.

Maintenant que, assise sur ce banc, j'essayais de mettre un peu d'ordre dans mes idées, la récapitulation des événements me suggérait malgré moi ce que, à première vue, mon extrême jeunesse aurait pu considérer comme des circonstances atténuantes, mais qu'un froid examen des choses tendait plutôt à faire ressortir comme aggravantes.

Par exemple, je me souvenais, quand papa avait été inhumé, avoir commandé le plus beau mausolée qu'on pût trouver. Pour un général, dont la poitrine était constellée de décorations, pour un officier qui avait un peu partout, sur le globe, cent fois risqué sa vie pour la France et été blessé à plusieurs reprises, pouvais-je lésiner ?

Bien entendu, oui, il aurait fallu lésiner, puisque, ayant pratiquement pris en main les destinées de la famille, mon principal devoir aurait dû être d'en assurer la continuité et d'imposer une administration assez sage pour que cette continuité ne fût pas compromise.

De même, lorsque j'ai vu notre pauvre maman malade, et que notre médecin habituel a parlé de spécialistes du cœur, les sommités les plus en vue de la capitale ne m'ont pas paru trop considérables pour veiller sur la santé de celle qui nous restait encore. Et Dieu sait quels honoraires ces grands cardiologues m'ont demandés !

Peut-être eût-il été de mon devoir d'amener maman aux consultations des hôpitaux, au lieu de faire venir ces mêmes spécialistes à la maison ? Mais il me semblait, alors, que de vouloir compter en pareille matière, c'était un véritable affront à la mémoire de mon père...

Les résultats étaient là pour me donner tort. Car, comment faire à présent pour continuer à donner les mêmes soins à maman ? Comment maintenir honorablement notre train de maison ?

Il ne m'est pas davantage venu à l'idée de renvoyer la cuisinière : mes frères avaient besoin de manger comme auparavant et Germoise m'apparaissait indispensable, comme toujours.

Il aurait fallu, bien entendu, au contraire, me dévouer, m'occuper moi-même de la maison, réduire les dépenses et la domesticité, donner enfin un sérieux tour de vis aux frais généraux.

Rien de tout cela n'avait été fait et j'étais la seule à blâmer !

Le fait est qu'avec la retraite de papa, qui tombait chaque trimestre, et le compte en banque, en sept mois j'avais dévoré plus d'un million.

Je me revois encore, assise sur ce banc non loin de la Seine, et finissant par faire intérieurement, avec une lucidité inhabituelle, le bilan de mes agissements.

Oui, je le reconnaissais, c'était moi qui, par mon imprévoyance et mon incapacité, avais précipité toute ma petite famille dans la détresse présente.

Que faire ?

Puisque je comprenais toute la responsabilité qui m'incombait, il fallait en tirer les conséquences logiques. Mon devoir immédiat était d'essayer de tirer d'affaire tous les chers miens, sans penser à moi.

Lorsque je me levai, l'air résolu, et me dirigeai d'un pas ferme vers la maison, ma décision était prise.

Jusque-là aveugle et insouciante, il me fallait maintenant réparer mes erreurs.

Pour le moment, il s'agissait de ne rien laisser transpirer de la catastrophe. Ni ma mère, ni mes frères et sœurs ne devaient même la soupçonner. Il me fallait garder le sourire, feindre un calme olympien, afin que personne ne puisse se douter du malheur qui s'était abattu sur nous. Je leur devais bien ça.

Par la suite, on verrait ce qu'on verrait.

CHAPITRE IV

Ce fut tout vu.

Prise d'un zèle magnifique, je courus alors les bureaux de placement.

Je possédais mes deux bachots, dont j'étais très fière. Dans notre monde, cela représentait le summum du savoir-faire, l'infaillible *Sésame, ouvre-toi* de toute existence normalement conduite.

Je n'avais pas encore de licence, mais j'avais mes deux bachots !

Une conviction solide, étayée par plusieurs générations de bourgeois bien assis et ingénus, me faisait considérer ces parchemins comme une bouée de sauvetage infaillible, comme une garantie permanente contre les coups durs et l'adversité.

Je croyais naïvement n'avoir qu'à remuer le petit doigt pour que toutes les belles carrières s'ouvrissent incontinent devant moi. Mes espoirs étaient pratiquement illimités.

Je devais déchanter rapidement et vérifier, sans tarder, la fragilité de mes illusions.

A toutes les portes où je frappais, je me heurtais aux mêmes réponses, aux mêmes refus brusques ou polis. Le scénario était à peu près interchangeable.

— Je viens pour l'annonce, monsieur.

— Nous regrettons beaucoup, mademoiselle : la place est prise.

Ou :

— Je viens de la part du docteur Janvier.

— Navré, mademoiselle : nous n'avons besoin de personne.

Ou :

— On m'a signalé que vous envisagiez d'engager une secrétaire.

— Hélas ! mademoiselle, les affaires ne marchent pas, actuellement. Les charges sont trop lourdes pour que nous puissions songer à créer de nouveaux bureaux.

Dialogues qui se terminaient tous invariablement par :

— Laissez-nous votre adresse : nous vous écrirons.

Phrase passe-partout qui n'était, finalement, qu'une formule de politesse et n'était jamais suivie d'aucun effet pratique.

Je vis très vite que, malgré mes deux bachots, puisque je n'étais ni fraiseur, ni tourneur sur métaux, ni chaudronnier, ni polisseuse, ni cartonnière, ni massicotier, ni dégauchisseur, ni pistoleuse, ni représentant *avec clientèle,* ou *avec auto,* il n'y avait absolument aucune chance pour que je puisse trouver un travail rémunérateur.

Bien entendu, je fis connaissance avec *le travail chez soi bien rémunéré sans connaissances spéciales,* avec *la mise au courant très rapide,* avec *le travail facile à domicile pour personnes sérieuses,* avec *la situation d'avenir moyennant petit cautionnement,* mais je sus, en très peu de temps, qu'il ne s'agissait là que d'un vaste réseau d'attrape-nigauds. Ce n'était pas ainsi que je pourrais trouver une solution à mes ennuis.

Ah ! toutes ces démarches démoralisantes, ces refus qui me laissaient sans la perspective d'un lendemain meilleur !

Partie avec une résolution farouche, animée d'un optimisme bâti à chaux et à sable, ma détermination s'effritait, ma confiance s'étiolait, devant les échecs successifs, répétés, quotidiens, devant l'amère constatation de l'inanité de tous mes efforts, le ridicule de mes illusions, l'inutilité de mes diplômes.

C'est alors que la vraie détresse s'est installée en notre logis. Il a fallu vendre quelques beaux meubles, quelques beaux tableaux, de ces souvenirs que mon père aimait tant et qu'il avait glanés aux quatre coins du globe, au hasard de ses garnisons. Je fis connaissance avec le monde si varié et si spécial des antiquaires, des marchands de tableaux, voire des marchands à la toilette. Parfois, je les menais dans l'appartement, en prenant soin de m'y trouver seule, ou presque, en choisissant les heures pendant lesquelles mes frères et sœurs n'étaient pas là. Parfois, je me rendais chez eux, un paquet sous le bras, soigneusement enveloppé dans du papier journal, en glissant comme une voleuse devant la loge de la concierge pour ne pas me faire remarquer.

— Je ne peux pas vous en donner plus de trois mille francs.

— Mais il vaut au moins dix mille !

— Il valait, peut-être, quand il était neuf. Mais, vous savez, maintenant, l'acheteur se fait rare... Les affaires sont complètement arrêtées. Nous sommes en pleine crise... Cela risque de rester des mois et des mois en magasin, sans que je puisse le vendre. Et à ce moment-là, combien vaudra la monnaie ?

— Vous ne pouvez pas aller jusqu'à quatre mille ?

— Pensez-vous ! Cela m'est absolument impossible. Tenez, uniquement pour vous faire plaisir et pour vous montrer que je tiens à vous rendre service, si vous me laissez aussi cette tabatière, je vous donnerai trois mille cinq. Mais c'est là mon dernier mot.

Et les entrées furtives au mont-de-piété... Et les innombrables montées et descentes des escaliers... Et les visites infructueuses... Et les démarches inutiles... Et, suivant le mot fameux de Marcel Achard, les angoissantes fins de mois qui duraient trois semaines... Et la tête des créanciers éconduits... Et le visage renfrogné de la concierge. Et l'aspect réprobateur du voisin de l'étage du dessous... Et les marchandages, et les discussions, et les factures, et les lettres recommandées, et les exploits d'huissier...

J'avais été obligée de renvoyer Germoise. Je faisais des prodiges pour que ma mère ne s'aperçût de rien, ou, du moins, pour lui cacher le plus possible mes soucis. Mais je ne pouvais évidemment pas tout lui dissimuler.

Quand, par exemple, elle constatait la disparition d'un objet, je voyais poindre, dans ses yeux, des larmes vite réprimées.

Elle se contraignait à ne rien dire. Et moi-même je persistais dans le silence, comme si une entente tacite s'était instituée entre nous, pour éviter certains sujets tabous.

Elle ne m'adressait aucun reproche, mais je sentais qu'elle avait de la peine, et que les marchandages et les mensonges, auxquels j'étais contrainte de m'abaisser, l'écœuraient.

Le soir venu, dans mon lit étroit, je sanglotais à mon tour sur mon triste sort d'aînée, sur mes vingt et un ans courbés sous un fardeau trop lourd... trop lourd, surtout, par l'impréparation totale à le supporter qui avait été ma vie jusque-là !

Je me disais qu'il y avait, dans le monde, des tas de

filles de mon âge aptes à faire face à une situation semblable à celle dans laquelle je me débattais. Elles devaient même s'en tirer allégrement ! Mais il était certain que, sur ce point, je leur étais nettement inférieure.

Je sombrais dans un désespoir sans bornes et dans un pessimisme noir.

Je ne voyais d'éclaircie nulle part. La vie m'apparaissait comme une suite ininterrompue d'échecs et de désastres.

Si seulement mon frère Jacques avait eu deux ans de plus ! Tout eût été plus facile ; du moins, il me le semblait. Un homme se sort mieux d'affaire, quand il faut trouver un emploi ou répondre à un créancier. Par exemple, en ces sortes de tractations comme les ventes de meubles et de bibelots, ma responsabilité aurait été moins lourde...

Hélas ! d'une part, l'âge de mes frères et sœurs, d'autre part, le silence que je m'obligeais à garder vis-à-vis de ma mère en raison de son état de santé ; d'autre part encore, l'absence absolue dans ma vie d'amis véritables à qui j'eusse pu demander conseil et faire partager mes préoccupations, — nous avions toujours été une famille très unie, se suffisant affectivement à elle-même, mais chez qui les étrangers n'avaient pour ainsi dire pas accès, — tout cela faisait que je me sentais affreusement seule, délaissée et submergée par les événements.

Malgré tout, je crus utile de faire appel à tous les amis et connaissances de mon père, qui en comptait, au demeurant, un certain nombre.

J'ai donc frappé partout où nous avions été si bien accueillis autrefois. Mais quand le malheur est sur la maison, comme on s'aperçoit vite de la solitude qui nous entoure !

Les visites, les démarches, les rendez-vous, les

messages, les escaliers, les courses inutiles et réitérées se succédèrent...

Il me reste un amer souvenir de cette période humiliante, de ces promesses dont on n'était pas avare avec moi, des belles paroles et des encouragements, ou des expressions apitoyées qu'on me prodiguait... sans aucun résultat tangible !

Je revois encore les visages pleins de compréhension, les mines de circonstance, les yeux remplis de componction de tous ces gens.

Rien ne m'a manqué : ni les lettres de recommandation, ni les *tuyaux increvables,* ni les poignées de main chaleureuses et empressées, ni même les propositions malhonnêtes et à peine déguisées. Mais jamais je n'ai obtenu une aide véritable, ni un appui quelconque.

Petit à petit, malgré ma résolution initiale, mon courage s'en allait.

La vie était là, corrompant tout, salissant tout, gâchant tout.

Or, de mes rêves de jeune fille, rien ne résistait au contact de la réalité. Tout se changeait en plomb vil.

Cependant, peu à peu, ma mère entrait en convalescence. Les soins attentifs, une surveillance de tous les instants, les prescriptions des plus grandes sommités de la science, avaient fini par produire leur effet. Tant de peines n'avaient pas été en pure perte.

Il arriva un jour où le médecin traitant m'annonça qu'elle était hors de danger.

— Mais, s'empressa-t-il d'ajouter, à condition de lui assurer une suralimentation appropriée et un traitement spécial, que je vais vous prescrire. Le mieux est de lui faire faire une cure de repos à la campagne, afin qu'elle puisse stabiliser et fortifier son état actuel.

Les médecins ont tous le même travers : ils planent au-dessus des contingences.

Si celui qui me donnait ce conseil, l'air concentré et important, avait su quelles sortes de démarches j'avais encore été obligée de faire — d'ailleurs inutilement — la veille, il se serait peut-être abstenu d'énoncer cette phrase.

Mais notre train de vie faisait encore illusion au visiteur non averti, et je tendais mes efforts pour qu'on ne soupçonnât point les changements survenus dans notre condition.

Les apparences avaient mis à l'aise le docteur.

Mais, moi, j'avais pris ses instructions au pied de la lettre, et je considérais la nécessité de les suivre comme une question de vie ou de mort...

C'est alors que j'ai perdu la tête...

CHAPITRE V

Ai-je vraiment perdu la tête ?

A ce moment-là, j'ai eu pourtant l'impression de posséder tout mon bon sens, de prendre raisonnablement une décision qui s'imposait. Mais aujourd'hui encore, je me demande si j'avais bien toute ma raison.

Une annonce dans un journal, cela n'a l'air de rien, et n'engage personne. On en imprime des milliers, tous les jours, dans le vaste monde.

Je me rappelle un film d'avant-guerre, un film de Maurice Chevalier : *Pièges.* Il n'était question que d'annonces en dernière page des journaux. C'étaient là les *pièges.*

Et, pourtant, sans le savoir, c'est toute ma vie que j'ai orientée ce jour-là ! Et Dieu seul sait pour combien de temps !... Peut-être pour toujours.

Cette annonce semblait pourtant bien anodine. Je l'ai découpée le lendemain dans le journal où elle avait paru, l'*Observer,* édition continentale.

J'avais mis en elle mon dernier espoir. Elle avait coûté assez cher à insérer, les tarifs de l'*Observer* étant fort élevés. Je savais que, vu l'état dramatique de mes finances, c'était là une dépense que je ne pourrais renouveler, mais, parlant l'anglais parfaitement, je me devais de tenter l'utilisation de mon savoir.

Qui donc m'avait parlé de l'*Observer ?* Je ne m'en souviens plus. Je crois me rappeler que c'était une de mes anciennes compagnes de classe, rencontrée au cours d'une de mes nombreuses allées et venues pour chercher du travail.

Pour me procurer la somme voulue pour l'insertion, j'avais vendu une petite bague, un simple anneau d'or orné d'une perle fine, que mon père m'avait offerte pour mes quinze ans.

J'ai eu gros cœur à me séparer de ce modeste bijou. C'était pour moi un véritable sacrifice : mais je l'ai accompli sans hésitation. N'avais-je déjà point aliéné, ou mis en gage, bien trop d'objets et de meubles appartenant aux miens ? Il me fallait mettre à contribution mes affaires personnelles.

J'aurais, je crois, vendu tout ce qui était ma propriété pour mettre ma famille à l'abri du besoin.

C'est étrange, les prémonitions ! Alors que, jusque-là, au cours des démarches que j'avais entreprises et des initiatives que j'avais prises, j'avais eu, en mon for intérieur, la sensation vague, mais pourtant certaine, de leur inutilité finale, cette fois-ci, j'avais comme une intime et inexplicable certitude en ma réussite... une confiance mélangée à une sorte d'angoisse diffuse, tout autant inexplicable. Il n'y avait dans tout cela nulle logique ; mais allez chercher de la logique dans les méandres et les mystères de la psychologie du cœur humain !

Je fis donc insérer dans l'*Observer,* édition du soir, et dans la page française, une demande d'emploi.

Jeune fille, 21 ans, bachelière, parlant bien l'anglais, ayant sa mère et quatre frères et sœurs à sa

charge, accepterait tout travail sérieux et bien payé. Références morales de premier ordre. Ecrire à... Etc.

Aujourd'hui, je vois combien cette rédaction devait sembler puérile et naïve. Mais c'est peut-être cette naïveté qui a séduit et qui m'a menée, en définitive, là où je suis.

Est-ce un bien ? L'avenir seul le dira...

Quoi qu'il en soit, l'annonce en question sembla tout d'abord tomber dans le vide. Si j'avais été logique et raisonnable, j'aurais trouvé la chose assez naturelle. Mais dans ma déception, j'avais l'impression d'une trahison du destin.

Au bout de quarante-huit heures, pourtant, une lettre m'arriva. Elle représentait la seule et unique réponse que j'obtenais... Réponse plutôt vague, d'ailleurs.

La lettre, émanant d'une organisation dénommée *L'Amicale franco-anglaise,* à Paris, était signée « Betty Kemm, directrice », qui me demandait de passer la voir à son bureau.

Je supposai tout de suite qu'il s'agissait d'une place sérieuse. Je la désirais tellement, cette place, que je prenais mon désir pour une certitude.

Après deux jours d'attente fébrile, je fis une toilette minutieuse. Et, après un dernier coup d'œil à la glace qui me renvoyait une image pas trop déplaisante, je me rendis à l'adresse indiquée.

Le siège de l'Amicale était situé dans une des avenues qui débouchent à l'Etoile.

Au deuxième étage d'un immeuble moderne, je pénétrai dans un bureau clair et spacieux, où une secrétaire à lunettes, assise devant une machine à écrire, me pria d'attendre quelques instants. Dans la pièce, je n'aperçus que des classeurs soigneusement rangés. En fait de visiteurs, il n'y avait que moi. Il est vrai qu'à cette heure matinale les visites ne devaient pas encore être très nombreuses.

Effectivement, l'attente ne se prolongea guère. Presque aussitôt, je fus introduite dans un autre bureau, plus vaste et plus accueillant, où une dame à cheveux blancs, l'œil bleu clair et bienveillant, me reçut en souriant. Manifestement, je devais me trouver en présence de Betty Kemm, qui m'avait convoquée.

— Mademoiselle Chambreuil, n'est-ce pas ? me demanda-t-elle en m'indiquant un fauteuil, en face de son bureau.

En même temps, elle parcourait mon annonce, encadrée d'un trait de crayon bleu, placée sur sa table auprès de la fiche que j'avais remplie tout à l'heure devant sa secrétaire.

— Oui... madame...

Je me sentais prise tout à coup d'une timidité injustifiée et d'une appréhension illogique. Je m'assis néanmoins sur le fauteuil désigné, mais sur le bord, sans oser m'y enfoncer.

L'expression de mon interlocutrice ne manquait cependant pas de bienveillance.

— Pouvez-vous me donner tout d'abord, sur vous-même, quelques détails, un peu moins sommaires que votre annonce ?

La dame s'exprimait dans un français parfait, quoique avec un accent assez prononcé.

J'arrivai à surmonter mon inexplicable timidité. Ma langue finit par se délier. Je lui brossai un tableau rapide de ma famille, de la situation de mon père, de mes origines, de mes études et de mes aspirations. J'eus l'impression de ne pas trop mal m'en tirer, car mon interlocutrice me considéra avec une satisfaction manifeste, tout en prenant fébrilement des notes.

— Quelles sont vos connaissances en anglais ?

— Je préparais ma licence, lorsque la mort de mon père a interrompu mes études.

— Voilà qui peut faciliter les choses. Ce n'est pas absolument indispensable, mais cela peut néanmoins rendre service. Etes-vous déjà allée en Angleterre ?

— Jamais.

Miss Kemm me regarda comme un phénomène bizarre.

Elle semblait choquée de ce que je pusse appartenir à cette espèce particulière et inattendue *des gens qui ne sont jamais allés en Angleterre.* Cela doit être comme une maladie honteuse. Mais, à tout bien considérer, son regard semblait laisser percer plus de satisfaction que de déception.

— Cela me paraît préférable, finit-elle par dire, comme se parlant à elle-même.

J'étais extrêmement intriguée. Comme si elle devinait ma pensée, la directrice de l'*Amicale franco-anglaise,* reprenant son air souriant, me déclara :

— Voici de quoi il s'agit, mademoiselle. Les Ecossais du Nord, tout là-haut, à l'extrême pointe des îles Britanniques, ont besoin *de maîtresses de maison.* La guerre a dépeuplé les *Highlands* et les hauts plateaux. Pour l'effort de guerre, on a eu besoin de main-d'œuvre, dans les usines, les ateliers et les fermes ; dans les villes et le bas pays, il fallait remplacer les hommes partis se battre.

« Les jeunes filles ont émigré en masse et se sont engagées dans le service civil.

« La guerre est maintenant finie et les hommes sont revenus. Mais les jeunes filles qui sont allées travailler dans les villes ne veulent plus remonter là-haut.

« Le climat est rude, le pays assez désertique et la vie y manque un peu de distractions. Cependant, les fermiers, les industriels, tous ceux qui, dans les

Highlands, vivaient tranquilles, avant la guerre, recherchent des *maîtresses de maison.*

Cette expression, *maîtresse de maison,* me frappa et me fit penser aux nombreux emplois tenus par les femmes... au Canada, par exemple.

Je demandai :

— Qu'entendez-vous par maîtresse de maison?

— Je vais vous expliquer. Connaissez-vous ces jeunes personnes qui, en France, avant la création des assistantes sociales, prêtaient leur concours aux femmes malades et aux mères de famille surmenées?

— Vous voulez dire les *aides à la maison?*

— C'est cela même. Vous connaissez sans doute l'aide aux mères et le projet concernant les assistantes ménagères?

— Oui. Je sais qu'il est question de créer des assistantes ménagères, dont le rôle consisterait à diriger les intérieurs et à soulager les mères de famille, trop chargées d'enfants; d'autres iraient soigner les membres de la famille tombés malades, etc.

— Exactement. Eh bien! c'est pour une activité de ce genre que vous êtes pressentie. Cela vous sourit-il?

— Il me faudrait donc aller vivre en Ecosse?

— Bien entendu!

— Pour combien de temps?

— Pour très longtemps.

— Et... ce serait bien rétribué?

Le sourire de miss Kemm s'accentua jusqu'à devenir presque ironique.

— Très, très bien rétribué.

— En ce cas, je ne refuserai pas de rendre ce genre de services. Ce que je recherche, avant tout, c'est de gagner beaucoup d'argent.

— Tant que cela?

Elle me regardait curieusement.

— Oui. J'ai ma mère malade et quatre frères et sœurs plus jeunes que moi.

— Tout ce monde à votre charge ?

— Complètement. Il me faut assurer leur existence, si je m'éloigne d'eux.

Miss Kemm sourit.

— Eh bien ! cela n'offre rien d'impossible, si, toutefois, vous acceptez ma proposition.

Mon visage s'illumina.

— Alors, je suis prête à partir pour l'Ecosse, si j'assure ainsi le sort des miens.

Je ne sais quel diable venait de me pousser, ni pourquoi j'ai répondu affirmativement avec tant de spontanéité.

Il faut croire que toutes mes démarches inutiles et tous ces refus essuyés, depuis des mois, m'avaient familiarisée avec n'importe quelle éventualité.

Jusqu'à présent, il n'avait jamais été question, dans mes projets, de m'éloigner de ma famille et encore moins de m'expatrier.

Et, cependant, je venais d'envisager de quitter la France.

Cela tenait peut-être, tout simplement, à ce que, pour la première fois, on m'offrait quelque chose de tangible, quelque chose qui n'était pas seulement de bonnes paroles ou de vagues encouragements.

L'hiver était fini, le printemps s'était écoulé, l'été tirait à sa fin. Et toujours, depuis des semaines, des mois, ma vie s'éternisait dans les mêmes soucis... une vie lente, interminable, sans espoir, remplie des mêmes échéances, des mêmes discussions, des mêmes craintes... limitée par le même horizon bouché et sans éclaircie.

Pas une seconde, il n'avait été question de prendre

des vacances, dont pourtant la famille avait un urgent besoin.

L'automne arrivait, et l'emploi que je recherchais depuis si longtemps devenait de plus en plus problématique.

C'était la crise, ou le moment défavorable, ou la morte-saison, mais l'emploi désiré ne venait jamais !

Notre mobilier disparaissait peu à peu. Que nous en resterait-il bientôt ?

Il était cependant urgent que maman s'en allât en convalescence à la campagne.

Je ne pouvais dire tout cela à miss Betty Kemm, mais cela devait se lire assez clairement sur ma figure.

— Mademoiselle Chambreuil, voulez-vous passer par ici ?

Elle m'invita du geste à pénétrer dans une petite pièce attenante, meublée d'un appareil photographique semblable à ceux qui, dans les magasins, vous fournissent, presque instantanément, une douzaine de photos d'identité.

Miss Kemm me photographia sous tous les angles, sans aucun autre commentaire.

Je me demandais intérieurement pourquoi, chez une sorte d'*assistante sociale,* la question physique présentait un intérêt aussi primordial.

La voix aimable de l'Anglaise me tira de mes suppositions.

— C'est tout aujourd'hui, mademoiselle, déclara-t-elle en guise de conclusion, pendant que nous revenions vers le bureau. Je vais transmettre à Londres votre nom et votre *curriculum vitæ.* Une enquête sera faite ici sur vous par un de nos correspondants. Vous pourrez repasser dans quelques jours, vous serez fixée.

Comme je restais debout, attendant encore d'autres explications, elle ajouta :

— Les familles écossaises qui recherchent des maîtresses de maison sont composées de gens rudes, mais pointilleux, et de clans très fiers ; il faut leur convenir sous tous les rapports.

J'eus un geste d'indifférence : une seule chose me préoccupait.

— Pouvez-vous m'assurer que je serai bien rétribuée ? insistai-je, uniquement tracassée par ce côté de la question, sans même prêter attention aux explications de mon interlocutrice et sans envisager un seul instant, dans ma belle inconscience, la possibilité d'une enquête défavorable.

Désireuse de me justifier de cette âpreté qui n'est pas dans mon caractère et risquait de lui donner une piètre opinion de ma personne, j'ajoutai :

— Vous comprenez, madame, j'ai réellement besoin *d'un traitement important.*

— Je puis vous rassurer tout à fait sur ce point, déclara miss Kemm, en éclatant franchement de rire. Vous serez sûrement très contente, si vous êtes agréée. Mais vous devez comprendre : il est tout naturel que la famille qui pourrait vous accueillir soit d'abord au courant de votre vie et de vos antécédents. Il faut aussi qu'elle connaisse votre visage avant de rien décider. Ne soyez pas si anxieuse de l'argent, mon enfant. Tout l'intérêt de la question réside autre part.

J'ai dû rougir jusqu'à la racine des cheveux en prenant congé de la vieille dame. J'étais gênée par cette question pécuniaire. Pourtant, intérieurement, je calculais que les Anglais me paieraient en livres et que ces livres, converties en francs français, feraient un gros chiffre, suffisant vraisemblablement pour assurer le bien-être des miens.

Quelques instants plus tard, sur le terre-plein de la place de l'Etoile, j'ai failli me faire écraser par un taxi, tellement j'étais bouleversée, en proie à des pensées diverses et contradictoires.

CHAPITRE VI

J'ai donc attendu comme on me l'avait conseillé.

Ces quelques jours furent assez pénibles pour moi. D'abord, je craignais de ne pas être acceptée pour ce curieux emploi de *maîtresse de maison* et, en même temps, je redoutais d'aller résider en Angleterre.

Je me sentais très malheureuse à la pensée qu'il me faudrait quitter ma chère maman et mes frères et sœurs.

D'abord, je n'étais nullement tranquille sur le sort de ma mère et de sa santé. Ensuite, je n'étais pas du tout rassurée sur les autres membres de la famille, dont, à moins d'un miracle, les études me paraissaient bien compromises.

Maîtresse de maison ! Etais-je bien désignée pour l'être, puisque, dans ma propre maison, j'avais trouvé le moyen de dissiper en un temps record la fortune amassée par mon pauvre papa !

Si mes nouveaux maîtres comptaient sur mes capacités en la matière, ils allaient être servis ! D'autant que, de notoriété publique, les Ecossais, à tort ou à raison, passent pour être particulièrement près de leurs intérêts !...

Décidément, j'allais connaître un magnifique succès. J'étais, à n'en point douter, hautement qualifiée pour tenir les rênes d'une administration familiale...

J'ai attendu quelques jours, puisque, à vrai dire, je n'avais pas le choix.

La lettre de miss Kemm avait été la seule réponse à mon annonce.

Toutefois, je n'avais pas à m'affoler. Il fallait le temps à l'*Amicale franco-anglaise* de se renseigner.

Cette dernière pensée me rendait nerveuse.

« Pourvu que l'on m'accepte ! »

Car je souhaitais une solution favorable, malgré la contrariété que j'éprouvais à la pensée de m'expatrier.

Au demeurant, si j'en croyais la directrice de l'Amicale, il s'agissait d'un emploi sérieux et bien rétribué. Je caressais donc l'espoir de n'avoir pas complètement perdu l'argent de ma petite bague...

Une semaine s'était écoulée. N'y tenant plus, je suis retournée voir miss Kemm.

Je n'ai pas plus attendu ce jour-là que la première fois.

La vieille dame me reçut avec un sourire prometteur.

— Vous avez du flair, mademoiselle. La réponse est arrivée ce matin. Je vous dis tout de suite qu'elle est favorable.

J'eus un réflexe joyeux.

— Favorable ?

— Oui. Vous convenez sous tous les rapports à nos clients. Les renseignements de l'enquête discrète effectuée à Paris ont été excellents.

Le sourire de miss Kemm se fit encore plus pétillant qu'à l'accoutumée quand elle conclut :

— Il ne vous reste plus qu'à partir...

— Mais... Dieu, que c'est difficile à dire !... Je voudrais savoir...

— Vous ne paraissez guère enchantée, remarqua alors miss Kemm qui ajouta, non sans bonté : Qu'est-ce qui se passe, mon enfant ?

— Oh ! si, si, je suis très heureuse !... Là n'est pas la question. Mais, c'est exact, une chose me préoccupe un peu. Pour partir...

Elle m'interrompit en riant.

— Il vous faut de l'argent ?... Evidemment !... Cela va de soi !... Mais cela a été prévu. Une somme de deux cent mille francs est à votre disposition...

J'eus un éblouissement. Tout parut tourner autour de moi et c'est à peine si je l'entendis achever :

— Cet argent vous servira à préparer votre départ, robes et trousseau compris, bien entendu. Il faut aussi que vous assuriez pour quelques semaines la vie matérielle des vôtres... Cela vous va-t-il ?

Je ne sais pourquoi, mais j'ai eu l'intuition que miss Kemm était beaucoup plus au courant de ma véritable situation financière qu'elle ne voulait le laisser paraître.

La cause de mon éblouissement, elle l'avait comprise !

Cette somme de deux cent mille francs emportait mes dernières hésitations, si toutefois il y en avait encore.

Je repris courage, puisque ainsi, en quittant les miens, je ne les laisserais pas complètement démunis. C'était là un poids immense qui m'était enlevé de la poitrine, et je poussai un long soupir de soulagement.

Miss Kemm continuait de me sourire avec bienveillance.

— Voici votre engagement. Emportez-le. Vous l'étudierez à tête reposée avant d'y apposer votre signature. Préparez votre passeport et revenez me voir dans quarante-huit heures. Si vous êtes d'accord, vous devez être à Londres au plus tard mardi en huit.

Je suis rentrée à la maison dans un état de surexcitation extrême.

Cette fois-ci, plus moyen de reculer : il allait falloir parler à ma mère.

Je ne lui avais rien dit jusqu'à présent. Je lui avais toujours dissimulé, dans la mesure du possible, mes mésaventures et mes déconvenues.

Pas plus en cette occasion que dans les autres, je ne l'avais tenue au courant de mes démarches. Je ne voulais rien lui dire avant d'être fixée. Il était absolument inutile de lui donner des émotions superflues si, après coup, il était décidé que je ne faisais pas l'affaire.

Mais, maintenant, pas de doute possible : force était de s'expliquer...

J'appréhendais cette minute avec une sorte d'angoisse.

Ce jour-là, j'ai trouvé maman étendue, dans sa chambre, sur sa chaise longue.

Elle a levé vers moi un regard interrogatif, mais, avec le sûr instinct des mères, elle a deviné, à mon expression, qu'il s'était produit un événement insolite.

D'un geste, elle m'a appelée auprès d'elle.

— Qu'y a-t-il, Christiane ?

Tout émue, j'ai glissé à genoux et, la tête posée sur sa poitrine, j'ai avoué.

— Maman, il faut que je vous demande pardon. J'ai une nouvelle à vous annoncer. Elle est à la fois très bonne et très triste.

— Mon Dieu ! s'exclama-t-elle. Tu me fais peur.

— Non, mère, cela n'a rien de tragique, mais il ne faut pas me tenir rigueur de ne rien vous avoir dit jusqu'ici. Il était inutile de vous tracasser, si mon entreprise ne réussissait pas.

J'ai vidé mon cœur. J'ai tout raconté : l'épuisement fatal du compte en banque et toutes mes démarches démoralisantes pour me procurer du travail.

— C'était affolant, mère, de ne trouver aucun emploi... J'aurais accepté, pourtant, n'importe quelle besogne, pourvu qu'elle me permît d'assurer la subsistance de la maisonnée.

Cependant, sans rien lui cacher de la vérité, j'ai essayé de lui présenter les événements sous leur jour le plus heureux, évitant avec soin d'insister sur le déchirement de notre séparation.

Maman a commencé de pleurer. J'en ai fait autant, naturellement, car je n'ai jamais pu voir pleurer ma mère.

J'ai dû déployer tous mes dons de persuasion, lui expliquant avec ménagement que notre situation financière ne me permettait pas de rester oisive. Chacun de nous devant contribuer à assurer nos moyens d'existence : mes frères et sœurs en travaillant ferme pour achever leurs études et moi en me plaçant pour leur faciliter la tâche.

— En tout cas, maman chérie, il faut absolument prendre une décision radicale. La situation qu'on m'offre en Angleterre me semble de nature à nous tirer d'embarras, pour le moment.

— Mais combien de temps devras-tu rester si loin de nous ?

— Le temps que mes frères aient leurs diplômes et ne soient plus à notre charge.

— Ce sera bien long... Les études de garçons durent toujours très longtemps.

— A eux de faire tous leurs efforts pour diminuer autant que possible cette durée. Après quoi, ma petite maman, nous serons bien tranquilles toutes les deux. Les vœux de papa à l'égard de ses fils seront remplis. Ils auront une situation et, nous, nous serons satisfaites de leur réussite.

Mais elle ne pouvait se faire à l'idée de la séparation.

Elle s'était doutée vaguement de l'état de nos finances, mais n'avait jamais osé aborder franchement le problème avec moi, en voyant les réticences dont je faisais moi-même preuve en cette matière.

Ces deux cent mille francs que j'allais pouvoir verser à son compte en banque, et qui assureraient pour elle quelques mois absolument nécessaires de convalescence à la campagne, en même temps que les vacances de mes frères et sœurs, la rassuraient un peu. Elle a fini par admettre qu'il était peut-être plus sage de ne pas refuser l'emploi qu'on me proposait car, en France, certainement, jamais offre pareille ne m'aurait été faite.

Quant à savoir si les gens qui allaient me recevoir étaient sérieux, le seul fait qu'ils pussent effectuer une avance aussi importante en était le plus sûr garant.

Après avoir convaincu ma mère de la nécessité de mon départ, il ne me restait plus qu'à préparer mon trousseau.

J'eus peu d'achats à effectuer. Mon père, de son vivant, m'avait toujours comblée et j'étais bien montée en lingerie et en toilettes seyantes. Robes et manteaux feraient sensation dans le nord de l'Angleterre, où la mode de Paris ne devait pas être suivie de près. Quant à mes costumes de deuil, je dois dire à ma courte honte que, jusqu'à l'histoire du compte en banque, je ne m'étais privée de quoi que ce soit.

Au surplus, ma mère, qui était de ma taille, m'incitait à puiser largement dans ses armoires et dans sa garde-robe.

— Ne te gêne pas, ma petite Christie, je ne mettrai plus jamais tous ces colifichets : une veuve est astreinte à plus de simplicité.

Mon trousseau fut donc des plus complets et des plus élégants sans que j'eusse quoi que ce soit à débourser, si bien que, sur les deux cent mille francs de miss Kemm, je n'eus qu'à prélever une très modeste somme comme argent de poche.

Je suis donc partie avec deux malles bien bourrées et une valise où rien de manquait pour me faciliter le voyage. Et je pus me mettre en route, à la date fixée, sans presque avoir entamé la somme mise à ma disposition, mes billets de voyage ayant été retenus par l'agence.

Un employé de l'*Amicale franco-anglaise* m'a conduite jusqu'au train, comme si l'on tenait à s'assurer de mon départ. Je le comprends, d'ailleurs : l'agence ne voulait courir aucun risque, et elle était responsable vis-à-vis de ses commettants.

Je n'ai pas voulu que maman vienne à la gare. En dehors du fait qu'elle est encore assez faible et qu'elle a besoin de ménagements, j'ai toujours eu horreur des adieux sur les quais des gares, des pleurs à la dernière minute, de ces quarts d'heure vides qu'on ne sait comment remplir, parce que l'on s'est tout dit et qu'on n'a nulle envie de tout remettre en question. J'ai toujours détesté les mouchoirs agités et cette sorte d'agonie qui se prolonge.

Par contre, je n'ai pu empêcher mes frères, Jacques et Maurice, de m'accompagner.

Je leur ai fait mille recommandations et les pauvres gosses m'ont promis tout ce que j'ai voulu, avec un drôle de regard mouillé.

Ils avaient du chagrin de me voir partir si loin. De plus, mon absence, pour une période indéterminée, va en quelque sorte mettre sur leurs épaules des responsabilités incompatibles avec leur âge et leur manque d'expérience... Heureusement, j'ai pu rappeler Germoise qui s'occupera de notre mère comme autrefois.

Après tout, soyons optimistes.

L'Ecosse n'est pas le bout du monde et, de là-bas, je pourrai peut-être leur faire des envois et, surtout, leur faire parvenir encore de l'argent, de façon que les deux cent mille francs ne soient qu'une sorte de garantie, un volant de sécurité. Peut-être aussi pourrai-je, plus tard, les faire venir près de moi en vacances...

C'est sur cet espoir que nous nous sommes quittés, mes frères et moi.

Quand le train s'ébranla, j'étais penchée à la portière et je regardais les deux garçons plantés au milieu du quai. Nous essayions de faire contre mauvaise fortune bon cœur, de dissimuler notre tristesse sous des plaisanteries et des sourires.

Quand je ne les vis plus, je sentis que j'étais toute seule... pour des mois, hélas ! C'était en moi un bouleversement. Des larmes me montèrent aux yeux. Et tout une gamme de pensées tristes m'assaillit.

Quelle famille vais-je rencontrer là-bas ? A quels êtres vais-je être obligée de me dévouer, alors que les miens vont être privés de ma présence ?

Il est que, ces derniers temps, ma présence a été d'une piètre utilité pour eux... Il était donc de mon devoir de faire ce que je faisais.

Ma chère maman, mes chers frères, et vous, petites sœurs, si dociles et se sages, tout mon trésor enfermé dans mon cœur est parti avec moi, dans ce train. Ah ! non, je ne vous oublierai pas !...

A leur tour, les dernières maisons de la banlieue parisienne disparurent dans le lointain...

CHAPITRE VII

— Je regrette, mademoiselle Chambreuil, vous allez être obligée de revenir demain matin.

Mon interlocutrice paraît soucieuse, comme si mon dossier était incomplet, ou que certaines pièces ne concordent pas.

— Quelque chose ne va pas ? osai-je m'informer.

Elle leva le nez et, derrière ses grandes lunettes de myope, m'examina .

— Ce n'est pas cela, mademoiselle... vous n'êtes pas inscrite pour aujourd'hui. Je vous attends, sans faute, demain matin. C'est entendu, n'est-ce pas ?

Je me lève et je prends congé de Mrs Cynthia Hapers d'un air déçu. Il n'y a vraiment rien d'autre à faire.

Cela débute assez mal, en vérité. Il y a déjà trois jours que je suis à Londres, et je commence à connaître par cœur le parcours qui va de Regent-Street, où je suis en pension, au Strand, où se trouve le bureau de Mrs Hapers.

Le voyage s'est déroulé sans incident, sauf qu'il a plu presque tout le temps. J'ai à peine aperçu le Pas de Calais et ses dunes à cause du ton grisâtre de la Manche et de ses vagues courtes. La brume m'a caché aussi les falaises de Douvres et les délicieux cottages de la campagne anglaise.

J'étais d'ailleurs bien trop préoccupée par mes propres pensées pour détailler le paysage et souffrir de la vue des faubourgs de Londres qui sont, il faut le dire, encore plus sombres et plus tristes que l'approche industrielle de Paris et de sa banlieue.

Le temps y était peut-être pour sa part, mais le fait est que je suis arrivée ici très déprimée et remplie d'idées noires.

J'ai dû me forcer, pour être correcte, car je savais qu'on m'attendait à l'arrivée, à Victoria Station.

Au départ, on m'avait donné un carton rond à attacher à ma boutonnière, ce qui fait que j'ai été très vite repérée par les deux dames anglaises qui, effectivement, m'attendaient à la gare.

C'est à ce moment-là que j'ai fait mes véritables premières armes en anglais. Elle est effarante, la distance qu'il peut y avoir entre la théorie d'une langue et la pratique. J'ai beau être presque licenciée en anglais, je me sens, en parlant cette langue, comme un poisson hors de l'eau. J'espère que je vais m'y faire rapidement.

Toute de suite, les deux dames m'ont conduite dans une pension de famille sélecte et très fermée. Ma chambre était retenue à l'avance et l'hôtesse prévenue.

Dès le lendemain, celle-ci mit une jeune fille à ma disposition pour me conduire à l'agence, où l'on devait me présenter à l'un des membres de la famille qui m'avait retenue.

A l'agence de Londres, j'ai fait la connaissance de Mrs Hapers, la directrice.

Celle-ci me fait l'effet d'être une vieille fille revêche et désagréable, dont l'accueil n'a rien de commun avec la gentillesse et le doigté de miss Betty Kemm.

Dès mon arrivée dans son bureau, elle m'a tenu le discours suivant, d'un air gêné et sec :

— Miss Chambreuil, j'ai une désagréable nouvelle à vous apprendre. Nous sommes victimes d'un contretemps fâcheux.

— Un contretemps fâcheux ?

Je suis prise d'une sorte de panique.

— Oui, poursuit Mrs Hapers d'un ton neutre, d'autant plus redoutable qu'elle parle comme si elle énonçait l'horaire des chemins de fer au lieu de m'annoncer une catastrophe.

Et je l'entends poursuivre :

— La personne qui devait venir à Londres, aujourd'hui, pour vous rencontrer, a avancé son voyage de quarante-huit heures et s'est présentée. Il se trouve qu'elle a rencontré, ici, une autre jeune fille française qui lui a beaucoup plu, si bien qu'elle la engagée séance tenante.

Je suis absolument atterrée.

— Alors, si je comprends bien, je reste pour compte ?

— Si vous voulez, admit-elle avec un rire heureux, comme si mon désarroi lui semblait agréable à contempler.

Et, tranquillement, elle ajouta, car mes intérêts sont aussi ceux de l'agence :

— Il ne faut pas vous désoler trop tôt. Notre agence a une très vaste clientèle... Ne vous tracassez pas. Peut-être demain ou après-demain aurez-vous à choisir entre plusieurs familles.

C'était dit sans conviction aucune.

Et voilà trois jours que cela dure. Je suis non seulement découragée, mais affolée.

Je me sens affreusement déçue par cette aventure... Une autre a pris ma place et je vais peut-être être obligée de rendre l'argent que l'on m'a versé.

Un frisson de terreur me parcourt à cette seule idée. Je n'ose rien écrire à Paris, dans l'attente d'une solution chimérique. Rien ne prouve, en effet, que je retrouverai une famille acceptant de me verser, tout de suite, une avance aussi forte que celle qu'on m'a faite.

Je n'ai pas fermé l'œil depuis ma dernière entrevue avec Mrs Hapers.

Pendant des heures, je me suis promenée de long en large dans ma chambre et, ce matin, je n'ai même pas touché au *breakfast* subtantiel que l'on m'a servi. Je vis dans une inquiétude mortelle, absolument incapable de m'intéresser aux aspects de Londres, aux contours de la cathédrale Saint-Paul ou aux antiques colonnades de Saint-James.

Il est à peine neuf heures que, suivant les indications que l'on m'a données pour aller seule et sans guide, je me retrouve une fois de plus dans le bureau de l'agence, piaffante d'impatience et rongée d'inquiétude.

La pièce de réception est à la fois un grand bureau et un salon d'attente, avec des sièges alignés tout autour, comme ceux des grands hôtels ou des grandes banques parisiennes.

D'autres personnes attendent et ont pris place sur les sièges du pourtour.

Dans les fauteuils, au centre, il y a en général des messieurs qui, silencieusement, fument ou lisent des journaux.

Je n'ai guère fréquenté, jusqu'ici, les bureaux de placement, car ceux qui se trouvent en France sont surtout spécialisés dans les gens de maison, et je ne connais rien d'équivalent à l'*Amicale franco-anglaise.* Cela fait que, instinctivement, je me suis figuré que les dames assises à l'entour étaient des postulantes comme moi, tandis que les occupants des fauteuils étaient les futurs patrons.

Au fond, je n'en sais rien, ayant jusqu'ici été reçue tout de suite, quoique très brièvement, par Mrs Hapers, et ne m'étant pas du tout attardée dans le bureau-salle d'attente.

Il ne semble pas y avoir beaucoup de monde, ce matin. Cependant, l'attente se prolonge et le bureau se remplit.

Cette espèce de hall me donne tout à coup l'impression d'être celui d'une gare... par exemple, le salon d'attente de l'aéroport du Bourget ou celui de la gare maritime du Havre où j'ai conduit, une fois, mon oncle Ernest qui partait pour le Canada.

Il y a de nombreuses allées et venues, des gens sortent, d'autres entrent, dans un incessant va-et-vient.

Un moment, cela m'a distrait de suivre tout ce mouvement, puis, de guerre lasse, j'ai fini par une plonger dans la lecture d'un magazine, posé sur une table.

Combien de temps s'est écoulé ainsi ? Je l'ignore. En réalité, je ne savais rien de ce que je lisais et les photos passaient devant mes yeux sans me laisser le moindre souvenir.

J'ai vraiment trop de soucis pour porter attention à ma lecture. Ma tête vagabonde ailleurs, travaillant activement, supputant mes chances et tirant plan sur plan, tandis que mon œil vague fixe un point imaginaire dans le vide.

A la fin, je lève tout de même les yeux de mon magazine et mon visage essaie de reprendre une expression humaine.

Pourquoi, regardant les personnes qui m'entourent, ai-je remarqué, plus qu'un autre, un des messieurs assis au centre ?

Je ne crois guère à la prémonition et, cependant, mes regards se sont arrêtés sur cet homme, comme si j'avais l'intuition qu'il allait avoir une influence décisive sur ma destinée.

Il n'a rien, ma foi, d'un Prince Charmant. Ses moustaches poivre et sel, typiquement anglo-saxonnes, dissimulent une bouche aux lèvres minces et sèches. Ses yeux, que je n'avais pas encore bien détaillés, sont surmontés de sourcils épais et noirs ; enfin, une calvitie presque totale contribue à lui donner un aspect très digne d'intendant ou de quelque majordome de grade supérieur. Il aurait, autrefois, porté des favoris que je n'en serais pas autrement surprise.

Il fumait béatement une courte pipe, les yeux mi-fermés comme s'il rêvait dans cette atmosphère empestée de tabac. Ses joues, légèrement couperosées, témoignaient d'un amour immodéré de la viande saignante et du *scotch whisky*.

Il me parut alors qu'à travers le brouillard artificiel produit par sa pipe ses yeux m'examinaient.

C'est probablement cette impression qui me fit le remarquer.

Puérilement, je me sentis rougir, ce qui lui fit tourner la tête vers une autre silhouette féminine. Cependant, à plusieurs reprises, je surpris, à nouveau, sur moi son regard inquisiteur...

Puis un long silence passa, durant lequel il ne fit plus attention à moi et parut regarder dans le vague.

A la fin, se levant à moitié de son fauteuil, il fit un geste à la secrétaire assise au bureau.

Celle-ci lui passa un dossier enfermé dans un carton rouge.

Je supposais tout de suite qu'il s'agissait du mien,

car, involontairement, en le lui présentant, la secrétaire me regarda.

Ce n'était vraisemblablement qu'une coïncidence, car je vis ce monsieur se rasseoir confortablement dans son fauteuil et tourner lentement les feuillets du dossier rouge, tout cela sans m'adresser le moindre coup d'œil.

Je repris donc la lecture de mon journal sans pouvoir m'empêcher, de temps à autre, de regarder l'inconnu.

Il examinait si attentivement et si longuement chaque feuillet, que j'eusse pu croire qu'il le photographiait ou l'apprenait par cœur.

« Non, sûrement, je me suis trompée, ce ne sont pas là mes papiers. Il y met trop de flegme et de réflexion. »

Lorsqu'il eut posément lu et relu chaque feuille, l'homme replaça le dossier sur le bureau, puis, bourrant de tabac une nouvelle pipe, se replongea dans ses méditations.

Il n'y avait aucune raison apparente pour moi de suivre les faits et gestes de ce monsieur. Pour me donner une justification, je me répétais machinalement que c'était là une façon comme une autre de meubler l'attente. Le temps me semblait long et je commençais à me sentir prodigieusement découragée.

La matinée s'avançait et je pensais avec angoisse que j'étais toujours sans emploi.

Peut-être me faudrait-il retourner en France pour, à nouveau, y chercher du travail et recommencer une nouvelle fois le calvaire de démarches vaines et fatigantes que, depuis trois jours à peine, je croyais à jamais révolues.

Cependant, la longue méditation de l'Anglais semblait prendre fin.

Je le vis secouer les cendres de sa pipe dans un cendrier, puis se lever.

J'admirai la lenteur distinguée de tous ses gestes. Au fond, tout à l'heure, je devais avoir eu la berlue en supposant qu'il s'agissait d'un majordome ou d'un intendant. Il possédait une allure de gentleman accompli que j'aurais dû reconnaître au premier coup d'œil. Quoi qu'il en soit, ce monsieur, qui pouvait avoir quarante-cinq ans, était grand, mince et de pur type anglo-saxon.

S'accoudant au bureau, devant la secrétaire, il eut avec elle une longue, mais discrète conversation.

Et, de nouveau, il me sembla qu'ils parlaient de moi, car la femme me regarda encore plusieurs fois.

Cet aparté terminé, la secrétaire introduisit l'inconnu, avec le fameux dossier rouge, dans le bureau de Mrs Cynthia Hapers ; puis, revenant à sa place, elle m'appela d'un geste discret de la main.

J'allai vers elle.

— Vous allez peut-être avoir de la chance, me dit-elle en confidence. Le gentleman qui était ici s'intéresse à vous. Dès que Mrs Hapers sonnera, entrez dans le saint des saints, votre sort s'y décidera.

Ainsi, je ne m'étais pas trompée.

Mais il y avait, dans la scène qui venait de se dérouler, un côté *concours agricole,* un côté *choisissez la marchandise à l'étalage,* qui me paraissait déplaisant à l'extrême.

Je ravalai néanmoins ma fierté et ma susceptibilité, pour exhiber mon sourire le plus engageant.

On verrait bien ce que cela donnerait.

Mrs Hapers, tout en jetant un coup d'œil sur mon fameux dossier, me dévisagea avec une plus grande bienveillance que les jours précédents. De toute évidence, elle était gagnée par la mansuétude : la commission que cette affaire devait lui rapporter et qu'elle avait failli voir s'évanouir, à cause du contretemps intervenu trois jours auparavant, semblait revenir au galop. Et, puisque tout paraissait s'arranger, il n'y avait plus aucune raison de me faire grise mine.

— Miss Chambreuil, dit-elle, après m'avoir détaillée des pieds à la tête comme un veau que l'on a mené à la foire, voici un gentleman qui accepte, en principe, de vous diriger vers Uam-Var... Cette demeure, dont le nom peut se traduire en français par la *Grande Caverne,* est la maison d'habitation de sir Archibald Duncan, le chef de cette famille.

Elle se leva et, sur une carte de l'Ecosse pendue au mur, me désigna un coin situé au nord, non loin des côtes.

— Voyez, ici. Uam-Var se trouve en plein Meallen Fhuarain, poursuit-elle, tout à fait au nord des *Highlands,* au-delà du Loch Ness. Le cas échéant, accepteriez-vous de vous rendre là-bas ?

Ce *le cas échéant* était, de toute évidence, une forme de style. Le moyen de reculer lorsqu'on est embarquée comme je l'étais ? Evidemment, l'endroit semblait perdu dans la brousse, mais je n'avais pas à choisir. Et puis, je l'avoue, l'aspect du monsieur au nom de qui m'était faite cette proposition, et qui avait fort grand air, n'était pas étranger à me faire trouver celle-ci acceptable.

Saisie d'une crainte subite, je demandai néanmoins :

— Monsieur prend-il à son compte l'avance qui m'a été faite ?

— Vous n'aurez pas à vous préoccuper de l'avance. Celle-ci est transférée automatiquement au compte de sir Archibald, daigna préciser Mrs Hapers, en évitant de répondre au sujet du monsieur présent.

Je ne pus m'empêcher de remarquer :

— Un peu plus au nord que ce qui avait été primitivement prévu, mais cela ne me gêne pas. Il est probable que, pendant l'hiver, on doit entretenir une température acceptable dans le Uam-Var dont vous me parlez.

Cette fine plaisanterie, dite avec un sourire de circonstance, fut appréciée comme il se doit par mes deux interlocuteurs qui inclinèrent affirmativement la tête. Elle réchauffa un peu l'ambiance qui avait été plutôt réfrigérante jusque-là.

— Eh bien ! miss Chambreuil, c'est parfait, déclara Mrs Hapers, sans plus tergiverser. Vous avez deux jours devant vous pour régulariser cet accord. D'ici là je ne saurais trop vous conseiller de vous procurer un manteau très chaud, si vous n'en possédez pas. Il ne faut pas que vous soyez prise au dépourvu s'il pleuvait ou s'il gelait à votre arrivée là-haut. Vous aurez, je vous en préviens, un long trajet à faire en voiture.

— Je vous remercie beaucoup de ces sages conseils, Mrs Hapers. J'ai tout ce qui peut m'être nécessaire.

— C'est parfait.

Je ne me sentais pas transportée d'enthousiasme, mais il n'y avait vraiment pas de quoi délirer. Tout ce que je pouvais faire, c'était de me féliciter de ne pas être obligée de reprendre la route de Paris.

— Nous allons donc prendre rendez-vous, dès maintenant, pour après-demain. Avez-vous vos papiers sur vous ?

— Les voici, répondis-je en les extrayant de mon sac.

Elle examina la liasse que je venais de lui tendre.

— C'est parfait ! Tout m'a l'air d'être en ordre. Il va falloir se procurer une licence pour passer à l'état civil, car, même dans les mariages par procuration, il faut une licence. Mais je pense que le notaire de la famille pourra l'avoir dans la journée de demain.

Je regardai Mrs Hapers bouche bée, sans comprendre, sans pouvoir articuler un mot.

Licence ? Etat civil ? Mariage ?...

Que signifiait cette histoire ?...

A la fin, j'articulai, la gorge serrée :

— Quelle licence ?

— Mais une licence de mariage, voyons ! répliqua Mrs Hapers, comme s'il s'agissait de la chose la plus naturelle du monde.

Je commençai à avoir des doutes sérieux sur ma connaissance réelle de la langue anglaise.

Je répétai, hébétée :

— Une licence de mariage ? Mais il ne s'est jamais agi, dans mon contrat, que d'être *maîtresse de maison !...*

— C'est cela que nous vous demandons, poursuivit mon interlocutrice, imperturbable, mais il est tout naturel que la décence soit respectée ! Où pouvez-vous être mieux respectée et honorée que dans la maison d'un mari et sous sa protection ? Voulez-vous me le dire ?

La foudre, tombant devant moi, ne m'aurait pas plus bouleversée.

C'était imprévisible... inimaginable !

— Oh !... fis-je pour toute protestation.

Je me demandais si je rêvais ou si j'étais éveillée.

Mais Mrs Hapers avait l'air de parler sérieusement.

Il convenait de la détromper sans plus tarder.

— Oh ! non, madame, parvins-je à articuler, je ne veux pas me marier.

Il faut dire que, pendant toute la conversation, l'homme qui m'avait choisie se tenait silencieux, sans insister, à quelques pas de moi. Il n'était pas antipathique, mais de là à en faire un mari, de but en blanc ! Je ne le connaissais même pas. Ses regards continuaient d'aller de la dame à moi, selon que l'une ou l'autre parlait.

Je poursuivis donc avec une fermeté accrue :

— Je n'ai jamais songé à épouser un homme que je ne connais pas... aliéner ma liberté... me vendre pour une somme de deux cent mille francs !...

Mille pensées funestes me traversaient l'esprit. Je me souvins de sombres histoires entendues à Paris, où l'on parlait d'Anglais de peu de foi qui cherchaient à épouser des Françaises dans le triste dessein de les livrer à la traite des blanches...

Un frisson me parcourut... Mais il ne pouvait être question d'une abomination semblable !...

L'*Amicale franco-anglaise* était une maison sérieuse. J'avais pris mes renseignements à l'ambassade et le personnage qui se tenait à côté de moi avait vraiment l'air d'un gentleman...

— Laissez donc la somme de côté ! répondit un peu brutalement Mrs Hapers. Il ne s'agit, dans l'esprit de la famille Duncan, que d'un mariage absolument blanc... un simple mariage de convenance.

— C'est tout de même un mariage ! balbutiai-je, peu convaincue.

— C'est inespéré pour vous, car le mariage dont je vous parle représente beaucoup plus que les deux cent mille francs auxquels vous faites allusion. Si vous connaissiez mieux les lois anglaises pour la protection de la femme, vous ne commettriez pas semblable erreur... Cependant, si vous n'avez pas compris... si vous vous dérobez, on cherchera ailleurs. Les candidates ne manquent pas pour prendre votre place... Vous en serez quitte pour rembourser les frais de voyage et de séjour, ainsi que l'avance qui vous a été versée à Paris.

Je fus anéantie.

En un éclair, je réalisai tout ce qu'il me fallait restituer. Le voyage et les dépenses faites à Londres, cela ne représentait pas un gros total. Mais il s'agissait aussi de la somme que j'avais portée au compte de ma pauvre maman... somme qui était sans doute, à l'heure actuelle, déjà entamée... Ma mère, certainement, était déjà dans son séjour de convalescence, ou bien près de s'y rendre.

J'avais eu, une minute auparavant, une réaction violente et instinctive à l'idée du mariage. Mais j'avais sans doute eu tort.

Allais-je, pour une question de principe, saper toute cette humble sécurité et infliger à ma mère une pareille désillusion ?

En une minute, j'entrevis la lourde responsabilité que j'allais encourir... Je sentis aussi qu'il me fallait faire le sacrifice de ma vie entière. Prise dans un tragique engrenage, c'était ma jeunesse, mes aspirations, ma patrie qu'il me fallait immoler sans rémission.

Un frisson tragique me coula le long du dos. Ce fut comme un froid glacial qui m'enveloppa soudainement.

J'eus l'impression de la mort. Je comprenais soudain que le voyage que j'allais faire dans le Nord était un voyage à sens unique. Je ne reviendrais jamais sur mes pas, je ne retournerais jamais à Paris, vers les miens, pour reprendre ma place auprès d'eux !

Ma décision fut vite prise cependant : j'irais jusqu'au bout de mon sacrifice !

Je me tournai alors vers l'Anglais immobile, comme vers une bouée de sauvetage, avec un accent où il n'y avait plus l'ombre d'une révolte. Qu'aurais-je pu dire ou faire ? Il n'y avait pas d'autre dilemme, j'étais vaincue du premier coup.

L'inconnu me regardait en souriant, un peu ironique, peut-être. Il comprenait que je m'étais trompée sur les propositions de l'agence et, sans doute, il trouvait ma situation très drôle.

Soudain intimidée, je lui posai humblement cette question qui était plutôt un acquiescement :

— Il me faut donc vous suivre, monsieur ?

— Oh ! moi, répliqua-t-il en faisant un geste qui signifiait « je n'y suis pour rien », je ne suis que le représentant de la famille Duncan... Vous répondez à leurs desiderata, c'est tout ! Entre vous et moi, il n'y a rien d'autre.

— Ce n'est pas Monsieur que vous êtes supposée épouser, précisa Mrs Hapers, voyant que je n'avais pas compris. Vous allez vous marier, par procuration, avec le fils aîné des Duncan.

Mes yeux s'écarquillèrent.

Comme c'était simple ! Cela avait vraiment l'air d'une mauvaise plaisanterie.

Je restai un long moment perplexe, perdue dans mes pensées. J'avais besoin de rassembler mes idées, d'y voir clair, et je n'y parvenais pas.

En réalité, je me sentais prise dans un imbroglio dont je ne pourrais jamais me dépêtrer.

Les faits et les conséquences s'enchaînaient les uns aux autres suivant une logique inéluctable.

J'étais désormais condamnée à avancer : je ne pouvais plus atermoyer, ni reculer...

CHAPITRE VIII

Je ne raconterai pas la cérémonie de mon mariage... elle ressemblait si peu à ce que mes rêves de jeune fille avaient imaginé qu'il est inutile de m'appesantir là-dessus. Il y avait, en réalité, un tel contraste entre ce que j'avais espéré et la triste réalité, qu'à l'évoquer mon cœur se serre d'angoisse et que je préfère ne pas y penser. Encore aujourd'hui, rien que de songer à ce jour néfaste, je me sens devenir folle.

Atroce bouleversement de tout mon être, révolte inconsciente de ma jeunesse, je l'ai payé bien cher, mon triste apprentissage de la vie !...

Je ne relaterai pas non plus les paroles qui furent échangées (oh ! si peu...) entre celui qui m'épousait pour un autre et la lamentable mariée que je dus être. Tout est resté gravé dans ma mémoire, mais je voudrais que cela y fût enseveli à tout jamais. C'était trop triste.

Ainsi que Mrs Hapers me l'avait déclaré, le gentleman présent à la cérémonie n'était que le représentant de mon mari, demeuré dans le Nord.

Mon vrai mari n'avait pas daigné se déranger pour me connaître. Et, cependant, il me semblait qu'il devait se sentir aussi intéressé que moi à cette singulière aventure. Après tout, peut-être était-il un affreux nabot, qui ne tenait nullement à se montrer avant que tout fût terminé, ou encore un pauvre infirme incapable de se déplacer...

Il n'en restait pas moins qu'il paraissait avoir accepté ce mariage sans même s'inquiéter de mon physique, puisque c'était le monsieur de Londres qui en avait décidé ainsi, sans en avoir référé à son ami d'Ecosse...

Quelles mystérieuses circonstances avaient pu amener un homme à se marier dans de pareilles conditions ?

Etrange cérémonie !... Singulier mariage !... J'avais essayé d'arracher des éclaircissements supplémentaires chez le notaire, devant l'officier d'état civil et auprès de mon Anglais de l'agence ; mais aucune de ces personnalités n'avait failli à la réputation de discrétion et de correction qui est, dit-on, l'apanage de ce peuple.

En vérité, j'étais devenue Mme Duncan sans y avoir été préparée. Il me semblait vivre un cauchemar cotonneux et angoissant. A chaque instant, je me disais que j'allais me réveiller et que tout rentrerait dans l'ordre...

Eh bien ! pas du tout : le cauchemar continuait, et tout cela avait bien l'air de devoir constituer ma réalité quotidienne jusqu'à la fin de mes jours.

Quarante-huit heures après l'invraisemblable cérémonie nuptiale, on me conduisit à la gare d'Euston. Le train, qui longeait la côte est de l'Angleterre, devait, dix-huit heures après, me conduire à Lairg, au-delà d'Edimbourg et d'Inverness.

On m'avait munie d'un indicateur, afin que je puisse apprécier les beautés et les avantages du *Flying Scotchman,* le train le plus rapide du Royaume-Uni.

Le trajet était intéressant. Malheureusement, la plus grande partie se faisait la nuit. Et d'ailleurs, atteinte au plus profond de mon âme, j'avais peu de goût à m'attacher au paysage.

Pelotonnée dans ma couchette, que je partageais avec une vieille fille de Dundee rentrant chez elle, je fermais les yeux, essayant de dormir.

On sait que les vieilles filles sont une des principales productions de la Grande-Bretagne.

Celle-ci n'ouvrait la bouche que pour commander du thé au stewart, ou pour le prier de fermer la fenêtre. Malgré sa présence, j'étais absolument seule, en vérité. Je pouvais donc me livrer aux méditations les plus pénibles. La plupart du temps, remâchant les différents aspects de mon invraisemblable équipée, je sombrais dans des cauchemars affreux, d'où j'émergeais le coeur battant la breloque et le front couvert de sueur.

Pendant cet état de demi-inconscience, mon futur époux se présentait successivement sous les espèces d'un affreux gorille, d'un diable hideux aux pieds fourchus, d'une pieuvre aux mille tentacules visqueuses, d'un Quasimodo affligé d'une énorme bosse et d'un pied bot.

Ce ne fut qu'après Inverness que je commençai à me rendre compte de ce qu'était l'Ecosse pittoresque, aride et sauvage. Mais alors, devant ce paysage farouche, le désespoir remonta en moi. J'avais l'impression de courir vers un précipice tout noir... un gouffre qui allait m'engloutir et dont je ne remonterais pas les pentes. Plus lourd que jamais, je sentais le terrible sens unique peser sur mes épaules.

C'était atroce !

A quatorze heures, avec quelques minutes de retard, j'étais à Lairg, but de mon voyage par le train. Ce dernier n'allait pas plus loin dans les terres et gagnait Dornoch par la côte.

Une voiture m'attendait à la gare, démodée, haute sur roues, carrossée pour recevoir des voyageurs en chapeaux hauts de forme. Elle datait visiblement des débuts de l'automobile et était probablement contemporaine de la de Dion-Bouton de 1908.

Un vieux serviteur servait de chauffeur.

Une seule route montait vers le nord : il n'y avait pas à se tromper. Je suppose qu'une voiture à cheval aurait pu la parcourir sans conducteur et arriver quand même à destination.

La route longeait le lac Shin dans toute sa longueur.

Les terres étaient formées de vallées étroites, couvertes de pâturages, encombrées de petits lacs étroits et allongés, difficilement accessibles à cause des marécages.

Sur la droite, les parties élevées formaient une suite de plateaux dénudés ou de pentes boisées que des rochers granitiques et des précipices festonnaient sauvagement.

Notre route, quittant la vallée, grimpa bientôt une pente aride et désertique. Nous étions visiblement dans les *Highlands,* les Hautes-Terres.

— C'est loin ? demandai-je à mon conducteur, qui n'avait presque pas desserré les dents jusque-là.

Cela me semblait un peu agaçant de sentir à quel point tous ces gens se révélaient taciturnes.

L'homme me désigna un point sur la droite.

— Tout là-bas, fit-il, derrière ce sommet que vous voyez. Il y a des prairies et des bonnes terres à culture. C'est un peu désert, mais c'est d'une sauvage beauté pour ceux qui n'ont jamais vu ce coin de l'Ecosse. Vous vous y ferez, si vous y restez assez de temps pour en juger d'après la succession des saisons.

Un tel luxe d'explications me surprit agréablement. Depuis mon départ de Lairg, mon conducteur ne m'avait pas habituée à un tel luxe de paroles. Il ne fallait pas s'arrêter en si bon chemin !

Pour dire quelque chose, je demandai :

— Et là-bas, vers la gauche ?

— Terrain militaire, jusqu'à la mer. C'est considéré comme la portion la plus désertique et la plus aride de toute l'Angleterre. C'est là que, pendant la guerre, on a instruit les membres de l'Intelligence Service que l'on parachutait en France. C'est là également, à ce qu'on affirme, que l'on procède à des expériences de désintégration atomique.

Mon conducteur avait l'air calé en la matière. Je lui en fis compliment, ce qui l'incita à continuer ses explications.

Je l'écoutais, attentive à l'accent spécial dont il usait, il entremêlait pittoresquement son parler écossais, traînant et caractéristique, de mots *erse* et de *gaélique,* dont les derniers vestiges ne restent plus que dans les Hautes-Terres.

La voiture roula longtemps. Après une dure montée à travers bois, elle quitta la grand-route pour s'enfoncer dans la lande.

Il y avait, de temps à autre, des boqueteaux assez épais ; puis de véritables steppes désertiques leur succédaient. Quelquefois, le chemin coupait un marais et il fallait que le conducteur veillât bien à ne pas verser, à droite ou à gauche, dans les ornières.

J'avais pris soin de me documenter en France sur cette contrée où j'allais vivre. La haute Ecosse est un immense rocher de granit, tout découpé de cimes aiguës et de profonds précipices. L'hiver y dure presque toute l'année. Cependant, malgré l'infertilité de son sol et de son climat, il n'y a pas sous le ciel de région mieux ordonnée, ni plus intelligemment exploitée.

Aucune région, en France, ne ressemble à la haute Ecosse. Il manque aux montagnes de notre pays ces grands plateaux désertiques, ces landes incultes semées de terres magnifiques, cultivées à la force du poignet par la constance et l'énergie des hommes, où l'herbe et le grain poussent abondamment, grâce à un miracle qui se renouvelle chaque année.

L'élevage semble être particulièrement réservé aux moutons. Là où des bœufs ne trouveraient rien à manger, des moutons ou des chèvres sauvages savent découvrir des herbes merveilleuses. Il y a aussi de grandes forêts de sapins sombres qui montent à l'assaut des collines. Pendant six heures, je n'ai vu que cette succession de paysages différents autour de notre voiture.

L'arrivée à la maison manqua de charme. Il faisait nuit et la pluie s'était mise à tomber, une pluie glacée et diffuse qui nous pénétrait jusqu'aux os.

J'avais sur moi un manteau des plus épais et je dédiai mentalement un remerciement à la désagréable Mrs Hapers, qui m'avait si généreusement prévenue de m'habiller chaudement.

Uam-Var est une sorte d'immense donjon dressé au milieu d'une cour intérieure, fermée de hauts murs. Visiblement, à l'origine, cette bâtisse a été construite pour la guerre des clans et pour supporter des années de siège.

Impressionnée par cette maison sombre qui ressemble à une prison, je regardai avec effroi autour de moi.

Ce pays est glacial, ce château est sombre, les habitants y ont l'air sinistre... C'est tout ce que mon subconscient enregistra pour le moment.

Une fois l'enceinte franchie, une femme apparut

sur le seuil de la porte d'entrée. De la main droite, elle empêchait la flamme d'une bougie de s'éteindre. Apparemment, il n'y a pas d'électricité par ici.

Cordialement, elle me jeta ces mots en mauvais français :

— Entrez, madame !... Soyez la bienvenue. Vous êtes ici chez vous...

Elle se crut obligée d'ajouter quelques explications dans sa propre langue.

J'ai beau connaître l'anglais, j'avoue ne pas avoir compris un mot de ce qu'elle me disait avec tant de volubilité. Elle se servait d'une foule d'expressions gaéliques qui me sont totalement inconnues et son accent ne facilitait rien à l'étrangère que j'étais.

Je m'attendais à voir paraître la famille Duncan au complet.

Eh bien ! pas du tout.

Manifestement, ces messieurs n'étaient pas là.

D'après ce que je crus comprendre, ils étaient en voyage.

Mon mari — et dire qu'il va falloir que je m'habitue à cette idée saugrenue que j'ai un mari ! — mon mari n'avait pas jugé nécessaire de se trouver là pour m'accueillir.

C'est peut-être un mariage blanc, comme on me l'a si aimablement annoncé ; mais, pour moi, c'est un véritable mariage noir.

J'aurais dû me marier en deuil... oui, porter le deuil de ma jeunesse et de mes illusions !

La conversation s'avéra difficile avec la dame qui m'avait accueillie.

Nous nous sommes aidées de force gestes pour arriver à nous comprendre mutuellement.

Nous y sommes parvenues, un peu à la façon des sourds-muets.

Il va falloir que je m'habitue à ce langage des

gestes, ou que je fasse des progrès en langue *erse*, car, à la longue, cela va devenir vraiment fatigant.

Sous prétexte que je devais être exténuée — je l'étais effectivement, mais beaucoup plus moralement que physiquement — on m'a monté dans ma chambre un plateau débordant de victuailles : viandes froides, œufs durs, jambon et thé. Un goûter copieux, en somme.

La dame réussit à m'expliquer :

— En l'absence de sir Duncan, on n'allume pas de feu dans les pièces du bas. Vous auriez froid, si vous y mangiez. Je préfère vous faire servir ici.

Les grands principes d'économie, qui sont la vertu des Ecossais, sont visiblement appliqués à Uam-Var. Les Duncan ne font certes pas exception à la règle.

Il me revient à la mémoire un certain nombre d'*histoires écossaises,* qui ont presque toutes pour sujet la ladrerie proverbiale de cette région.

Je me demande par quel miracle Mrs Hapers a réussi à leur faire verser les deux cent mille francs que j'ai reçus. Elle doit être très forte, la vieille dame. Il est vrai que deux cent mille francs français convertis en livres ne font peut-être pas une somme énorme, au cours du change, pour un portefeuille britannique.

Après le départ de la femme, emportant les restes de mon souper, je suis restée seule, dans cette grande chambre qui m'a été dévolue et qui a beaucoup plus l'aspect d'un cloître que d'une chambre à coucher.

Le feu qu'on a allumé pour moi, dans l'immense cheminée, n'arrive pas à donner l'illusion de la tiédeur. La pièce manque affreusement d'intimité.

J'ai soufflé la bougie, car la lueur des bûches me suffit, et je contemple machinalement le jeu des ombres immenses qui se reflètent sur le mur du fond.

Je pense irrésistiblement à toutes les histoires de fantômes que j'ai entendues depuis mon enfance.

Tous les châteaux écossais ont leur fantôme, c'est une légende connue. Et chaque clan possède le sien. Gare à celui qui confond le fantôme des Mac Guire avec le fantôme des Mac Callum !

Les fantômes ont leurs lettres de noblesse. Tout le monde sait qu'ils se promènent à partir de minuit, en traînant lourdement leurs chaînes, et qu'il ne faut pas les contrarier sous aucun prétexte.

Sans aucun doute, les Duncan doivent avoir leur fantôme. Celui d'Uam-Var va venir tout à l'heure, comme celui du château de l'oncle Rodolphe, pendant que je serai endormie. Il me tirera par les pieds et me demandera ce que je fais, moi, intruse, dans les draps des Duncan...

J'essaie de me raconter des histoires de revenants pour me changer les idées, pour tâcher, avec un peu d'humour, de soulager mon cœur oppressé.

Mais c'est en vain...

Je me suis déshabillée en frissonnant et fourrée dans le lit glacial, sans me permettre de m'appesantir sur le silence et sur la froidure de cette maison isolée.

J'ai retenu mes larmes jusqu'à présent, mais mon chagrin déborde. A peine suis-je pelotonnée dans le lit que j'éclate en sanglots comme une petite fille que tout abandonne.

Après tout, cela fait du bien de pleurer. J'appelle *maman, maman*, comme lorsque je n'étais qu'un tout petit enfant. C'est ridicule, cela ne sert à rien, mais ça soulage quand même !

Il y a des heures et des heures que je suis perdue dans cette tristesse affreuse. Etreinte par une angoisse poignante, je suis incapable de voir clair en moi.

Les larmes coulent sans arrêt le long de mes joues

décolorées, les sanglots déchirent sans interruption ma poitrine trop serrée, mais je préfère encore ce déluge à cette sensation de chape de plomb qui pèse sur moi, depuis que j'ai mis les pieds dans le bureau de Mrs Hapers, et qui est allée toujours en s'accentuant.

Il me semble que tout est bouché devant moi. Je suis plongée dans un brouillard stérile et épais comme ce pays, comme cette maison, comme ce plateau aride et désolé.

Il n'y a, il n'y aura jamais d'éclaircie. Je suis désormais condamnée au désespoir et à la renonciation. Je suis mariée, c'est comme si ma vie était finie : je ne me suis pas encore habituée à cet état de dépouillement et à cette sensation de vide.

Et comme je ne suis pas encore faite à une pareille idée, mon chagrin redouble et je pleure plus désespérément que jamais.

Est-ce que toutes ces larmes ne vont pas finir par se tarir ? Elles doivent être le reste de ma révolte intérieure, car, en vérité, assaillie par les événements, j'ai fait pour le mieux.

Pouvais-je agir autrement ?

Ma conscience est tranquille ; j'ai sacrifié ma vie pour sauver les miens d'un désastre dont j'avais été involontairement l'auteur.

La conscience tranquille...

Personne n'a rien à me reprocher... Non, personne !...

Si j'ai fait du mal, je me suis fait du mal à moi-même... Personne n'a rien à voir là-dedans...

Là-dessus, doucement, tout en pleurant, sans m'en apercevoir je me suis endormie...

*
* *

Tout cela a eu lieu hier soir.

La nuit s'est très bien passée. J'ai dormi comme un plomb. Apparemment, je devais en avoir besoin.

Ce matin, réveillée avant l'aube, gênée du grand silence qui règne dans la maison, je traîne dans ma chambre.

J'ai l'impression d'être à Uam-Var depuis une éternité. Et, pour remplir ces longues heures, je jette ces quelques lignes sur un cahier, comme si je voulais réfléchir ou faire confidence à quelqu'un de toute cette étrange aventure.

Au fond, je m'aperçois que je suis très curieuse de faire la connaissance des Duncan, et que j'ai été affreusement déçue de ne pas les voir à l'arrivée.

Le fait d'essayer de mettre mes pensées noir sur blanc a été jusqu'ici un procédé infaillible. Il semble dénué, cette fois-ci, de toute efficacité.

A quoi cela tient-il? Sans doute au désarroi dans lequel je me trouve.

Et pourtant, jusqu'ici, j'ai toujours cru être une créature pondérée, pleine de bon sens et normale... normale...

C'est de la folie, de la fantasmagorie...

Je vais sûrement me réveiller, tout à l'heure, et me retrouver couchée dans ma chambre de Paris...

Les moineaux pépient dans les marronniers de l'avenue... Le camion du laitier est passé, en bas, tout à l'heure... Gaston, le concierge, vient de sortir sa boîte à ordures et nettoie le trottoir devant la porte cochère... J'entends le rire argentin de Michel, le petit du cordonnier, qui sourit à la vie... Il a deux ans, depuis ce matin.

Le fait d'essayer de décrire mes pensées me fait beaucoup de bien. [illegible] du procédé infaillible. Il semble donné, cette fois-ci, de toute efficacité.

CHAPITRE IX

Ces réminiscences ne sont que mirages !

Hélas !

Je suis bel et bien en Ecosse. Et les dés sont jetés.

On frappe à ma porte.

Je vais ouvrir et me trouve devant une jeune fille blonde et de solide allure, un grand plateau à la main. Je crois reconnaître la fille de la femme qui m'a reçue hier soir.

— Bonjour, lady Duncan.

— Bonjour, mademoiselle.

— J'apporte le déjeuner de Votre Grâce.

Cela fait un drôle d'effet, décidément, de s'entendre appeler lady Duncan. Je ne sais si c'est mon humeur chagrine, mais je ne me sens nullement flattée.

Elle pose le plateau sur la table. C'est en lui jetant un coup d'œil furtif que je m'aperçois à quel point les émotions m'ont creusée.

Le déjeuner semble succulent : il comporte de la viande froide, des œufs au bacon, du chocolat, du miel, du pain rôti, de la marmelade.

— Maman m'a affectée à vos soins personnels, reprend la jeune personne. Quand Votre Grâce sera prête, je lui ferai visiter la maison. Sir Archibald

Duncan a recommandé qu'on mette Votre Grâce au courant de tous les détails concernant Uam-Var, parce que c'est Votre Grâce qui est désormais la véritable maîtresse de maison, et maman Bertram est entièrement sous vos ordres, à présent.

Je demande :

— Qui est Mme Bertram ?

— Mais la fermière d'Uam-Var, que tout le monde appelle ici *la bonne dame.* Il s'agit de ma mère, lady Duncan...

Je ne m'étais pas trompée. Il y a un air de famille indéniable entre cette jeune fille et la dame qui m'a introduite, la veille ; mais dans les yeux de celle qui se trouve en ce moment devant moi, il y a comme une expression d'évasion, de rêve, de nostalgie, que je n'ai pas aperçue dans ceux de Mme Bertram.

— Ah ! c'est votre maman ? déclarai-je avec un sourire. Elle est fort aimable... Et il y a sans doute ici votre papa ?...

— Pour servir Votre Grâce, oui... et puis mon frère Guillaume.

Il va falloir que je m'habitue à m'entendre appeler *Votre Grâce,* mais je trouve que, pour commencer, cela produit un drôle d'effet.

Jusqu'ici, j'ai vécu dans une sorte de rêve. Ce qui m'est arrivé : l'annonce, l'*Amicale franco-anglaise,* le voyage, Mrs Hapers, mon mariage, la traversée de l'Angleterre, Uam-Var, tout cela me semble une sorte de conte... comme un roman lu, ou une histoire arrivée à quelqu'un d'autre et que l'on m'a racontée. Le fait de m'entendre appeler Votre Grâce devient, en quelque sorte, pour moi, la preuve tangible de la réalité de ce qui m'arrive et de l'invraisemblance de ma situation.

Je poursuis :

— Y a-t-il encore d'autres serviteurs à Uam-Var ?

— Non, en dehors de Caleb, qui est le valet particulier de sir Archibald Duncan. Quant aux deux jeunes messieurs, sir Edward et sir Michaël, ils n'ont pas de valets et se contentent d'employer mon frère Guillaume à leurs divers besoins.

J'ai tressailli au nom d'Edward, car c'est bien le nom qui est porté sur mon acte de mariage.

Mentalement, je fais une sorte de rapide examen de conscience et mes propres réflexes me choquent.

Pourquoi, en réalité, ai-je tressailli ? Quelle importance cela peut-il présenter qu'il s'appelle Edward et qu'il soit mon mari ? C'est là un mot vide de sens, puisqu'il a été formellement entendu, entre les parties, que ce mariage est une simple formalité, un mariage blanc, et qu'il n'est question pour moi que d'être la maîtresse de maison de cette résidence. Pas autre chose ! Et cependant, je sens que sir Edward est véritablement la seule personne qui compte pour moi, en cette demeure.

Mais il ne faut pas accorder aux mots plus d'importance qu'ils n'en ont, ni être leur esclave. C'est pour les besoins de la cause que ce contrat a été signé et cette union *sui generis* ne revêt d'autre signification que celle d'une simple couverture, pour des raisons mondaines, familiales et sociales.

On me l'a fort bien expliqué.

Il faut être latine, française et romanesque, farcie de préjugés et lunaire comme moi, pour tressaillir au simple énoncé du nom d'Edward.

Foin de ces faiblesses et revenons sur terre.

— Parlez-moi des fils d'Archibald Duncan, poursuivis-je du ton le plus dégagé que je pusse prendre.

— Eh bien ! ce sont deux jeunes messieurs qui chassent beaucoup et qui vivent toute l'année à Uam-Var.

— Comment ? Ils ne sortent jamais ?...

Après tout, il est naturel que je m'intéresse aux détails concernant les personnages avec lesquels je suis appelée à vivre et dont j'ignore absolument tout. Mais l'idée d'apprendre qu'ils ont l'habitude de passer pratiquement l'année entière sur cette lande désolée et brumeuse, sans en bouger, n'est pas faite pour me réjouir.

— Oh ! non, Votre Grâce, dit la jeune fille. Il y a du travail, ici. Il faut surveiller la propriété qui est grande et le maître d'Uam-Var n'accepte pas de voir ses fils s'endormir.

Cela va être gai ! Je voudrais, cependant, avoir quelques détails supplémentaires sur les deux jeunes gens.

La jeune fille — j'apprends qu'elle s'appelle Catherine — répond à mes questions sans me donner de particularités, comme si tout ce qui touchait la vie personnelle des maîtres d'Uam-Var était un sujet *tabou*.

Je connais l'horreur des Anglais pour tout ce qui concerne ce qui s'appelle *le mur de la vie privée* et je n'insiste pas.

En tout état de cause, il m'est impossible d'entendre parler plus spécialement d'Edward que de Michaël.

Ma curiosité naturelle n'est pas plus satisfaite lorsque, plus tard, dans la matinée, j'aborde adroitement le même sujet avec Mme Bertram. Je m'aperçois que cette dernière appelle familièrement, dans la conversation, les jeunes Duncan en les nommant Neddyc et Mikayn. Je soupçonne ces deux diminutifs d'être des appellations gaéliques ou erses, mais cela dépasse mes compétences linguistiques et ne m'avance pas outre mesure dans la connaissance des deux jeunes gens en question. Quoi qu'il en soit, je comprends qu'il s'agit là de deux diminutifs auxquels il va falloir m'habituer.

La journée consiste, pour moi, à visiter toutes les pièces de la maison principale, puis les communs. *La bonne dame* ne me fait grâce d'aucun placard, d'aucune armoire.

On passe en revue le nombre de draps, de serviettes, de torchons, empilés dans ces meubles. On n'oublie pas les pots de confitures, serrés dans le haut des buffets, ni les boîtes de conserves de l'office. Je dois visiter le sous-sol, les caves et les caveaux. Bref, c'est une journée éreintante, d'autant qu'il m'est absolument impossible de me souvenir de tous ces chiffres dont on m'inonde.

Je m'enquiers auprès de *la bonne dame,* au soir d'une journée aussi bien remplie :

— Pourquoi faut-il que je me tienne au courant de tous ces détails ?

— Dame ! c'est un ordre de sir Archibald Duncan. Il faut bien que Votre Grâce connaisse tous les coins de sa maison et toutes les ressources dont elle peut disposer.

Je me dis que je vais créer sans aucun doute, chez Mme Bertram, un complexe de jalousie et qu'elle doit être passablement ulcérée par ma venue. Je demande :

— Mais n'est-ce pas vous qui vous êtes occupée de tout cela jusqu'ici ?...

— Oh ! évidemment, fait-elle. Et je continuerai certainement à m'en occuper, si Votre Grâce me permet de la seconder.

J'abonde dans son sens et je l'assure que je ne saurais certainement pas me passer de sa collaboration.

Elle me sourit. Cependant, elle insiste :

— Mais c'est une idée nouvelle que sir Archibald

Duncan a eue et à laquelle il nous faut nous conformer.

Cette façon d'envisager les désirs du maître ne me fait augurer rien de bon le concernant.

Je l'imagine tout à coup despotique, coléreux, autoritaire, maniaque, tatillon et, pour tout dire, insupportable.

Je m'informe :

— Et quand rentrera sir Duncan ?

— Oh ! peut-être à la fin de la semaine, peut-être seulement dans huit jours. C'est assez difficile à dire, car, lorsqu'il part pour la chasse chez quelque voisin, on ne sait jamais quand il revient. Cela dépend des invitations qu'il reçoit en route.

Ses explications m'ouvrent des horizons insoupçonnés et je suis positivement indignée.

Comment ! Non seulement *on* ne daigne pas être présent pour le mariage, non seulement *on* estime suffisant de se faire représenter à une cérémonie si importante par un sous-fifre, non seulement *on* néglige d'être là pour me recevoir en personne, quand *on* sait que je vais arriver, mais encore *on* est parti à la chasse pour un temps indéterminé...

Et puis, tout à coup, mon indignation tombe et je rentre dans ma coquille.

Lady Duncan ou non, je sais qu'au fond je ne suis qu'une *maîtresse de maison,* c'est-à-dire une salariée. On me paye pour faire ce que je fais. On m'a donné une avance substantielle dont j'avais le plus urgent besoin et, malgré les clauses un peu particulières du contrat qui me lie, je suis en train de remplir, de mon côté, un engagement pendant que, de l'autre côté, on en remplit ponctuellement la contrepartie.

Je n'ai rien à dire, rien à réclamer. Et il est absolument inutile que je me monte la tête avec des considérations, des dépits et des indignations parfaitement déplacés. Ma petite personne et mon amour-propre n'ont absolument rien à voir avec le pacte cependant fort simple et fort clair que j'ai accepté.

Je tire la conclusion de l'absence de la famille Duncan en lançant à Mme Bertram, d'un air volontairement dégagé :

— Eh bien ! je vois que lesdites chasses n'empêchent pas la maison de rester debout et le vent de tourner comme il lui plaît.

Elle se met à rire.

— Oh ! évidemment, dit-elle. Il y a trente ans que je suis à Uam-Var et que j'en suis fermière. Avec mon mari, nous nous occupons de tout ce qui concerne le domaine.

— C'est une belle tâche, dis-je avec une admiration nullement simulée, les terres cultivées me paraissent immenses !

— Oui, admet-elle, consciente de ses efforts, car nous assumons aussi la responsabilité de tout le personnel.

— Le personnel ? interrogeai-je. Je n'ai encore vu à Uam-Var que la famille Bertram. Y a-t-il donc d'autres domestiques ?

— Evidemment ! De nous, seulement, dépendent les ouvriers des champs que nous embauchons au fur et à mesure des besoins.

Elle s'arrête une seconde ; puis, pleine de bonne volonté, elle ajoute :

— Que lady Duncan se rassure, elle n'aura pas tout cela à faire.

En même temps, elle me jette, de côté, un coup d'œil légèrement ironique.

Cette longue visite a eu un avantage. En quelques heures, j'ai fait la connaissance de tous les coins d'Uam-Var. J'ai appris, notamment, que l'on y faisait du pain toutes les semaines et qu'il fallait parfois le manger très dur. On m'a expliqué que l'on buvait du *pale ale,* du *stout* et du cidre à volonté, mais que le vin était réservé exclusivement pour les jours de fête.

En revanche, le *scotch,* le *gin* et le *cherry,* ainsi que le porto, sont en principe à la disposition de chacun.

J'ai aussi compris que c'était une vieille tradition de la famille Duncan de surveiller très attentivement ce qui sortait de la cave ou de la cuisine et de noter, avec la plus grande exactitude, les dépenses engagées dans la maison.

Les vertus en honneur dans cette honorable famille devaient être depuis un temps immémorial la parcimonie et l'ordre.

Cela m'a rendue rêveuse.

J'ai commencé à concevoir les plus grands doutes quant à mes compétences dans cet ordre particulier d'idées.

Je n'oublie pas que j'ai été capable, avec une vraie maestria, de dilapider le capital de ma propre famille et cela en un temps record pour mes jeunes dents.

CHAPITRE X

Ce ne fut qu'au bout de quatre jours que la famille Duncan arriva.

J'étais un peu vexée, au fond, de leur retard, comme s'il était un manque d'égards à mon endroit ; mais, à vrai dire, ces quatre jours, qui furent pour moi exactement pareils au premier, me permirent de me familiariser avec les aîtres et les personnages du manoir. Si bien qu'au soir du quatrième jour, lorsque les chasseurs rentrèrent, j'avais la situation bien en main et l'impression, qui n'était qu'une impression, d'ailleurs... que j'avais fait ce métier toute ma vie et que je connaissais toutes les arcanes de la vie écossaise... un peu comme si je n'avais plus rien à apprendre et que je puisse parler, en connaissance de cause, de tout ce qui concernait le domaine.

Je *les* vis arriver, à travers les fenêtres hautes et étroites du vestibule, munis de leurs harnachements et accompagnés de leurs chevaux *shetlands,* les *poneys* de ces contrées nordiques qui sont les bêtes les plus indiquées et les plus résistantes dans ce pays semi désertique.

Les gibecières des chasseurs étaient visiblement gonflées de grouses et pendaient au-dessus de leurs poitrines.

Dès que le maître m'aperçut, en entrant dans le vestibule, il se tourna vers moi pendant que Guillaume et Caleb le débarrassaient, ainsi que ses fils, des armes et des carniers.

Ses petits yeux plissés me dévisagèrent d'un regard assez pénétrant.

Il avait le visage taillé à coups de hache, les cheveux blancs et rares, une allure générale noueuse et solide qui le faisait ressembler à un des *shetlands* qu'il venait de laisser à l'écurie.

Il m'examina des pieds à la tête d'un air à la fois satisfait, amusé et compétent.

— Allô ! cria-t-il. Bonjour, ma fille ! Car je ne doute pas que je n'aie devant moi ma nouvelle maîtresse de maison.

Sous son regard hardi, j'étais devenue toute rouge.

Sa faconde donnait l'impression de m'avoir connue depuis ma plus tendre enfance, tant il y avait de naturel dans le ton de sa voix. En même temps, l'examen approfondi que son regard m'avait fait subir me donnait la sensation d'être devenue un objet d'exposition dans une vitrine, ou un cobaye promis à la vivisection !

— Je suis Christiane Chambreuil, en effet, répondis-je avec le plus de calme possible, en m'efforçant de donner à ma voix un ton naturel et dégagé.

— Eh bien ! alors, mettez votre main dans la mienne. Nous sommes de bons amis, maintenant, ma chère ! Voilà mes deux gars, ajouta-t-il en indiquant négligemment de la main, sans se retourner, l'endroit où il savait que les deux jeunes gens se tenaient, un peu raides et gênés. Nous allons fêter, ce soir, avec un dîner de circonstance, votre arrivée, ma belle enfant de France, ainsi que notre première rencontre. Donnez des ordres en conséquence, jeune maîtresse de maison, et préparez-nous quelque chose d'intéressant et d'appétissant.

Il parlait avec une bonhomie toute patriarcale, mais avec une autorité certaine. Il était clair qu'il ne devait pas faire bon lui déplaire, ni être facile de s'opposer à sa volonté.

Je m'inclinai légèrement, tout en jetant un coup d'œil rapide sur les deux garçons immobiles.

Je n'eus pas le temps de les détailler : il me sembla cependant que l'un était blond et très grand, l'autre de taille moyenne, brun et remuant. Mais ils paraissaient avoir dépassé largement, tous les deux, la vingtième année.

Il était caractéristique de voir avec quel silence déférent et soumis ils écoutaient leur père, prêts à obéir, sans se formaliser nullement du ton légèrement condescendant avec lequel il avait fait allusion à leur présence, ayant tout à fait l'air de les considérer, tous les deux, comme des quantités négligeables ou presque.

Lequel était Edward ? Lequel était Michaël ?... Ce n'était pas écrit sur leur visage, mais, comme le blond était légèrement plus grand que l'autre, j'en déduisis assez puérilement que c'était lui l'aîné et que, par conséquent, — je ne sais d'ailleurs pas exactement pourquoi, — ce devait être lui l'Edward de mon acte de mariage.

D'ailleurs, quelle importance cela avait-il ? Absolument aucune, étant donné les circonstances !

Je me convainquis mentalement que cette particularité ne tirait pas à conséquence et qu'elle n'affectait, de ma part, qu'une curiosité tout à fait déplacée, inutile en l'occurrence.

Pour mettre fin à ces pensées incongrues, je gagnai incontinent la cuisine, en me convainquant que le plus urgent était de me conformer aux ordres du maître et d'occuper mon esprit du souci du prochain repas.

Je trouvai la *bonne dame* souriante et parfaitement à l'aise.

Il était déjà tard, mais elle devait être accoutumée à fêter le retour de ses maîtres, car elle ne parut pas embarrassée à l'idée d'improviser, en peu de temps, un bon menu. Pourtant, le jour baissait sur une journée sèche et froide et le repas qu'on lui commandait devait être préparé très vite, les hommes devant certainement être fatigués et avoir une faim de loup.

— Il y aura un gigot de mouton, cuit en pot-au-feu, m'expliqua-t-elle. J'y ajouterai de la gelée de groseille. Je puis aussi ajouter du *haddock* avec une purée de pruneaux.

Ce menu me pétrifia. D'abord, je n'aime pas la morue, qu'elle soit fraîche ou salée. J'ai toujours trouvé que c'était un mets de vendredi saint, un mets de pénitence. Or, à Uam-Var, il ne s'agissait point de pénitence, mais de fêter le retour des hommes.

Quant à la perspective du mouton, cuit en pot-au-feu et servi à la gelée de groseille, je pensais qu'il fallait vraiment être né au nord de Dundee pour s'en régaler. Ce en quoi, d'ailleurs, je me trompais.

— Réellement, observai-je timidement, est-ce que vous tenez exclusivement à ce qu'on nous serve du haddock ?...

— J'ai du char, dit-elle tranquillement. Si vous préférez ?

— Du char ? Qu'est-ce que c'est ?

Elle me regarda, toute souriante de mon peu de savoir.

Je devais lui paraître particulièrement ignare et naïve. Je m'en rendais compte avec effroi, et je n'y pouvais rien.

Mais elle m'expliqua complaisamment :

— C'est une espèce de petite truite qu'on pêche au filet dans les rivières d'Ecosse. Mon fils, Guil, a justement été cet après-midi nous en chercher une bonne friture.

— Oh ! alors, je préfère ! m'écriai-je.

Je ne connaissais pas les chars, mais j'étais prête à tous les sacrifices pour éviter la morue.

— Quant au gigot, ajoutai-je prudemment, ne pensez-vous pas qu'il serait préférable de le faire cuire en rôti, dans le four de votre cuisinière ?

Elle me regarda d'un air effaré, comme si j'avais énoncé là la plus invraisemblable incongruité.

— Oh ! cela, jamais ! Vous ne savez pas ce qu'un gigot est bon quand il est cuit à l'eau salée, aromatisée d'épices !

Devant sa nette désapprobation, je battis aussitôt en retraite.

— Alors, faites à votre idée. Et... je pense que, pour le dessert, vous vous en tirerez aussi, énonçai-je en guise de conclusion, en m'empressant de renoncer à toute initiative.

— Naturellement... A moins que lady Duncan ne veuille m'apprendre à faire quelques-uns de ces desserts français qu'on dit être excellents.

C'était très gentil de sa part, mais je manquais décidément d'enthousiasme après le rejet de mes suggestions.

Plus tard, peut-être...

Je jetai un coup d'œil sur la montre que je portais à mon poignet.

— Il est un peu tard. Je vous laisse carte blanche, *bonne dame.* J'ai beaucoup plus confiance en vos talents culinaires qu'en mes modestes apprêts. Cependant, de temps en temps, je serai ravie de réaliser un menu français.

Cette affirmation ne comportait aucun nationalisme déplacé.

Et je la quittai pour aller m'assurer que Catherine Bertram avait bien mis la table, à sa façon ; car, naturellement, sur cette question encore, il m'était impossible d'apporter un ensemble de nouveautés.

Tout semblait réglé comme une machinerie bien huilée, à Uam-Var, et une fois pour toutes.

Si, ce soir, on mettait les petits plats dans les grands, c'était apparemment inhabituel. Et si l'on faisait une exception à la parcimonie qui était de règle en cette demeure, c'était uniquement pour fêter le retour des maîtres.

C'était également en leur honneur, manifestement, qu'on avait allumé les feux du rez-de-chaussée, ces feux qui étaient restés, jusque-là, obstinément éteints.

Tout semblait réglé, une fois pour toutes, selon une sorte de code immuable, selon des rites établis depuis des lustres, ne laissant de place à aucune fantaisie ni à aucune initiative.

Je commençais même à me demander pourquoi on m'avait fait venir. Pourquoi avait-on eu réellement besoin d'une maîtresse de maison, puisque tout était ordonnancé si méticuleusement de temps immémorial ?

Une Mme Bertram me paraissait suffire à tout et, indiscutablement, elle faisait fort bien l'affaire.

Pour le reste, étant donné le caractère traditionaliste de cette existence casanière, on devait certainement périr d'ennui à Uam-Var. Une jeune femme — ou plutôt une jeune fille — comme moi allait à coup sûr s'étioler et mourir à petit feu, dans cette ambiance pesante, sous ce ciel inclément.

Dieu me pardonne, je crois, au fond, que cela

m'était absolument égal que Catherine Bertram eût mis les couteaux à droite ou à gauche des assiettes.

Je dois reconnaître que, ce soir-là, j'étais une piètre maîtresse de maison.

Mon indifférence pour les questions de politique intérieure en était la meilleure preuve. J'aurais dû m'inquiéter des détails du dîner et je m'en moquais éperdument.

Cependant, j'étais préoccupée, très préoccupée...

Mais de quoi ?...

Voilà : pour être tout à fait sincère avec moi-même et sans avoir nullement le courage de me l'avouer clairement, une seule question comptait pour moi, ce jour-là : c'était de connaître le visage d'Edward Duncan. Etait-ce lui le grand jeune homme blond à l'air dégagé et, ma foi, assez bel homme ? Ou bien plutôt ne serait-ce pas le jeune homme brun, plus petit et plus ramassé, qui me paraissait être le plus jeune ?...

J'avais beau me répéter que c'était absurde et inepte, que cela provenait d'une curiosité parfaitement déplacée et profondément inutile, il en était ainsi : rien ne me semblait plus urgent, plus vital, plus essentiel, que d'arriver à découvrir lequel des deux était Edward... mon mari !

Pourquoi ?...

Attachais-je donc une importance particulière à la question ? Je ne le savais pas clairement moi-même, puisqu'il était entendu qu'il s'agissait d'un mariage blanc et que le dénommé Edward ne serait jamais, pour moi, un vrai mari.

Le peu que j'avais aperçu des deux jeunes gens me faisait souhaiter, pour des raisons inconnues de moi et qui n'avaient rien à voir avec la logique, que le blond fût effectivement Edward. Mais, de toute façon, je réalisais parfaitement que je ne pouvais décemment pas le demander à personne dans la maison et puisqu'on ne semblait pas disposé à me donner des éclaircissements là-dessus, j'allais très probablement rester sur mon envie, plongée dans la perplexité.

J'en étais là de mes réflexions, en face de mon miroir, dans ma chambre, où j'étais montée afin de m'apprêter pour le dîner, lorsqu'on frappa à la porte.

C'était Caleb, le valet de chambre de sir Archibald Duncan.

— Mylord vous demande, madame, dit-il en faisant un effort insolite pour s'adresser à moi en mauvais français. Il attend Votre Grâce dans son cabinet de travail... la petite pièce qui est au fond de la bibliothèque.

— Ah ! oui, je vois.

Je me rendis aussitôt à l'appel du maître d'Uam-Var. Le vieillard n'avait certainement pas l'habitude d'attendre.

Je descendis l'escalier dans l'état d'esprit d'un étudiant qui va passer son bachot.

Mon cœur battait la chamade et je traversai la bibliothèque avec une légère hésitation.

J'avais beau me morigéner, j'avais bel et bien le trac.

Finalement, je frappai à la porte du bureau.

— Entrez !

Sir Archibald Duncan était assis derrière une table en chêne massif. De nouveau, il me toisa des pieds à la tête, comme pour me jauger.

Décidément, c'était très désagréable d'être soupesée ainsi.

Enfin, avec beaucoup de dignité, il me désigna un fauteuil.

— Asseyez-vous, ma fille, dit-il avec bienveillance. J'espère que vous avez fait un bon voyage, que la température était bonne et que votre arrivée ici a été excellente, bien que je n'aie pu être présent pour vous recevoir.

C'était dit avec une politesse extrême, mais d'une voix plutôt glaciale dans sa correction.

Le fait qu'il n'avait pas été là pour me recevoir était une constatation regrettable, sans plus, indépendante de sa volonté. Ce fait ne semblait pas devoir comporter de véritables excuses de sa part.

Cette dernière pensée, qui traversa en éclair mon cerveau, me fit sourire intérieurement.

D'une façon générale, j'imaginais mal mon interlocuteur faisant des excuses à qui que ce soit, surtout à une faible femme comme moi. Cela n'avait pas dû, certes, lui arriver souvent.

— J'ai été reçue, sir Archibald, avec beaucoup d'égards, répondis-je, en donnant à ma voix toute la fermeté et l'assurance dont j'étais capable.

J'avais un atroce complexe d'infériorité, que rien ne justifiait d'ailleurs à mes yeux, mais je me raidissais, fermement décidée à faire face à la situation et à me montrer très digne, tout à fait à la hauteur des circonstances.

— J'ai su que vous aviez donné des ordres en conséquence, poursuivis-je, et je vous remercie de l'accueil qui m'a été réservé, grâce à vous.

Cela était parfaitement exact, mais ce que je ne pouvais pas lui dire, car il ne l'aurait certainement pas compris, c'était le manque de chaleur humaine dont je souffrais depuis que j'avais mis les pieds dans sa demeure.

Si j'avais exprimé une telle impression, il l'aurait prise pour de l'extravagance féminine, pour une déformation romantique typiquement latine.

— Je dois également, répondit-il, vous faire mes

compliments et vous remercier d'avoir accepté d'entrer dans ma famille...

Sa phrase me parut débuter sous les plus agréables auspices, tout en m'étonnant légèrement.

— Je tiens à mettre dans vos mains, poursuivit-il, le gouvernement de la maison. Avant toute chose, je désire que vous soyez, de toute l'Ecosse, la maîtresse de maison la mieux établie dans ses fonctions. Il me semble que c'est le vrai rôle de toute jeune femme sérieuse. Et puisque vous avez accepté de le remplir, je me réjouis que vous le fassiez totalement.

— Je ne demande pas mieux, fis-je, un peu gênée par ce singulier préambule.

Dans le désir qu'il venait d'exprimer de me mettre à la première place, je sentais vaguement que ma personne n'était pas seule en cause. L'orgueil de sa caste, de sa famille, de sa demeure, devait y être pour quelque chose.

Mais, au milieu de toutes ces raisons, il devait y avoir encore quelque puissant sentiment, quelque obscur motif qui m'échappait et qui donnait, tout à coup, à cette histoire de mariage et de maîtresse de maison tout son relief et toute son absurdité.

Jusque-là, je n'avais pas pris conscience à quel point cette histoire était en dehors de la logique, de la réalité et de la norme. A ce moment-là, je sentis que mon rôle officiel ne tenait pas réellement debout.

Emportée par mes pensées, je ne l'écoutais pas et il dut répéter deux fois sa question :

— On vous a donné la grande chambre rouge ?

— Oui, monsieur...

— On vous a montré, d'un bout à l'autre, tout notre vieux manoir ?... Vous a-t-on fait voir les différentes terres qui sont alentour... les diverses bâtisses qui constituent Uam-Var ?...

— Je pense que l'on m'a fait tout visiter.

En réalité, j'en savais beaucoup plus que je ne voulais le laisser paraître.

Avant de me mettre en route et durant les quarante-huit heures qu'on m'avait laissée libre, à Londres, j'avais poussé le scrupule jusqu'à me documenter abondamment sur les coutumes et sur les mœurs du pays qui allait m'accueillir. J'avais interrogé longuement le personnel de l'agence dans les moindres détails, tenant à vérifier si les données que l'on m'avait fournies étaient exactes.

Et quant aux mœurs familiales des familles écossaises, j'en savais autant qu'il était possible d'en savoir pour pénétrer leur psychologie — dans l'absolu — et connaître le pourquoi et le comment de leur comportement général.

Leur musique était grossière : ils n'avaient qu'un instrument, le *bag-pipe* ou cornemuse, mais ils l'aimaient passionnément, et, dans tous les clans, le *piper* était un personnage important.

Tout cela et quelques autres choses du même genre, je le savais parfaitement, mais je le savais d'une façon abstraite et théorique. Je me gardai bien, devant sir Archibald Duncan, d'en faire étalage.

Je me doutais un peu que, si ces mœurs appartenaient désormais à l'histoire et au passé, il devait pourtant en rester quelque chose dans les habitudes actuelles.

Le peu que j'avais pu en deviner par mon premier contact avec la famille Duncan et qui cependant restait latent, inexprimé et impondérable, était bien fait pour me confirmer dans cette opinion.

Naturellement, je n'en laissai rien paraître et je me limitai, en face du *chef de clan,* à faire preuve d'une soumission parfaite, persuadée que c'était là la seule attitude compatible avec ma situation présente.

Aussi, lorsque sir Archibald répéta, en insistant et

en faisant allusion à tout ce qui concernait les us et coutumes d'Uam-Var :

— Vous avez eu le temps, je l'espère, de vous mettre au courant de ces diverses choses ?

De nouveau, j'inclinai affirmativement la tête et je répondis :

— J'ai compris votre désir, monsieur, et j'ai essayé, en ces quelques jours, de me mettre le plus possible au courant de mes nouvelles fonctions.

— Alors, c'est parfait, approuva-t-il, manifestement satisfait de ma réponse. C'est parfait, car dans quelque temps nous aurons des invités à recevoir et, en ces occasions, je veux que tout le monde admire les manières élégantes et françaises — tout en restant écossaises — de nos réceptions.

J'eus un sourire à l'énoncé de cette phrase prétentieuse et je baissai la tête pour cacher ma suffocation sous un apparent acquiescement.

Si j'avais parlé, je crois que je n'aurais pas pu m'empêcher de rire.

La façon *élégante et française, en même temps qu'écossaise,* de recevoir à Uam-Var, me semblait extrêmement difficile à réaliser, et, pour tout dire, destinée à rester un vœu platonique.

Ces grandes pièces antiques, froides et noircies par la fumée, me paraissaient impossibles à rendre élégantes, selon le goût français, étant donné surtout ce que je savais des habitudes et des goûts ancestraux de ce pays. Enfin, puisque implicitement le maître d'Uam-Var semblait m'y autoriser, peut-être pourrais-je introduire quand même quelque nouveauté dans cette sombre demeure.

J'eus rétrospectivement honte de mon rire rentré.

Après tout, ce que venait de dire sir Archibald partait d'un sentiment amical et témoignait d'une bonne volonté de m'être agréable assez touchante de la part de ce vieillard.

C'était assez bizarre ce désir de voir employer les manières françaises dans cette demeure restée probablement inchangée depuis l'époque de Macbeth et du roi Duncan ; mais c'était, en somme, assez flatteur pour moi. Et le fait d'avoir recherché une *maîtresse de maison* jusqu'à Paris, tout en me laissant perplexe, ne pouvait, en tout cas, que constituer un symptôme favorable.

A la suite de ces réflexions, je regardai sir Duncan d'un œil beaucoup plus indulgent et compréhensif.

C'est à ce moment que la cloche du dîner se mit à sonner.

— Eh bien ! fit-il, voilà la cloche qui nous appelle à table. Nous allons voir si le menu que vous nous avez préparé est quelque chose de parfait... et de confortable.

J'eus une moue un peu craintive, non dépourvue d'une certaine honte, à la pensée que je n'étais rigoureusement pour rien dans la préparation de ces agapes.

Je déclarai, d'un air mal assuré :

— Il y avait trop peu de temps pour préparer un menu recherché. J'ai cru devoir accepter les propositions de la *bonne dame.*

— Ah ! ah ! Mrs Bertram vous a encore été utile, je suppose !

— Oh ! monsieur, elle le sera sans doute longtemps, ne pus-je m'empêcher de déclarer.

— Eh bien ! ma fille, j'aime assez chez vous cette modestie ! Mais, ajouta-t-il avec un sourire engageant, dont la rareté sur son visage parcheminé faisait tout le prix, il ne faut pas me donner des *monsieur,* comme vous le faites. Moi, je vous appellerai Christie, du premier coup. De même que je n'ai pas hésité à vous donner votre titre : ma fille vous êtes et ma fille vous resterez !... Appelez-moi donc *mon père,* comme le font mes garçons...

J'étais, au fond, beaucoup plus émue que je ne voulais le laisser paraître par cette attitude et par cette profession de foi. D'être ainsi mise officiellement et familialement sur le même plan que ses enfants constituait entre nous un rapprochement que je n'osais même pas espérer, une heure auparavant, lorsqu'il était entré dans le vestibule, chargé de ses fusils et de ses grouses.

Et mon démon, le démon de la curiosité, me posséda, comme il s'était déjà à maintes reprises emparé de moi dans les jours qui avaient précédé et pendant la scène qui, tout à l'heure, nous avait mis tous les quatre, pour la première fois de notre vie, en présence les uns des autres. Je déclarai donc, sans trop réfléchir et persuadée que je montrais par là un intérêt légitime et somme toute flatteur pour son orgueil de *chef de clan :*

— C'est entendu, mon père, ce sera comme il vous plaira. Mais je ne vous cache pas que j'ai hâte de connaître votre fils Edward.

La réponse vint, immédiate, du tac au tac, aussi inattendue que bouleversante :

— Pour quoi faire ? dit-il tranquillement, avec un calme olympien et sans qu'un muscle de son visage tressaillît ou laissât deviner un sentiment quelconque.

Et il ajouta, avec un cynisme ahurissant :

— Vous ne comptez pas, tout de suite, créer une intimité quelconque entre lui et vous ?

Je fus littéralement suffoquée et incapable de répondre.

Mon visage dut devenir rouge comme un coquelicot.

Qu'avait-il compris?... Comment mes paroles pouvaient-elles donner lieu à une interprétation aussi osée ? Y avait-il quelque chose dans mon attitude qui puisse l'autoriser à faire de pareilles suppositions ?

Certainement pas !

Peut-être la réputation de légèreté que l'on fait à tort, à l'étranger, aux femmes françaises obnubilait-elle son jugement ? Mais alors, dans ce cas, on pouvait difficilement expliquer qu'il ait justement recherché une Française pour le rôle qui m'était dévolu.

Et le plus terrible, en tout cela, était que, si je faisais une analyse sincère, profonde, de mon subconscient, il n'était pas certain, en cherchant bien, que je ne trouverais pas, tout au fond de moi-même, un sentiment enfoui, profond, inavoué, mais en somme assez similaire à celui qu'il venait gratuitement de m'attribuer avec une brutalité non dépourvue d'une certaine ironie :

Il continua, comme pour préciser sa pensée :

— Je pense que cette question n'a rien à voir entre lui et vous, pour le moment, ajouta-t-il. Je vous ai demandée et je vous ai prise pour être maîtresse de maison à Uam-Var. Il n'y a rien d'autre à examiner, actuellement.

Je ne répondis toujours pas. La surprise me clouait au sol. Que signifiait cet *actuellement* aussi sibyllin ?

D'un autre côté, je me rendais parfaitement compte qu'il avait prononcé d'un air assez goguenard la phrase : « *Je ne pense pas que vous souhaitiez une intimité entre lui et vous* », ou quelque chose d'équivalent.

Non évidemment, une semblable pensée ne m'était pas venue, ou du moins elle ne m'était pas venue clairement.

C'est en toute innocence, réellement, que j'avais exprimé le désir de connaître son fils Edward.

Après tout, il m'ennuyait, le vieux Duncan !

Dans cette maison où l'on m'avait fait venir, sous un nom et sous un titre bien définis, dans ce foyer où l'on m'assignait une tâche bien en rapport avec ce titre et ce nom, il me paraissait normal que je souhaitasse connaître le singulier partenaire dont on m'avait affublée devant l'état civil de Londres. Ce personnage énigmatique n'avait même pas daigné être là pour me recevoir lors de mon arrivée, comme si je n'avais été qu'une quantité négligeable.

Que signifiait toute cette histoire ? Que cachaient tous ces chichis ?

On avait beau insinuer que cela n'avait aucune importance et qu'il ne s'était agi là que d'une simple formalité, ce M. Edward n'en était pas moins bel et bien mon mari !... C'était là une question sur laquelle personne n'avait l'habitude de plaisanter.

Plus je réfléchissais, plus je me persuadais qu'il existait dans cette histoire quelque chose qui m'échappait, quelque chose qui portait à faux. Je n'avais manifestement pas tous les éléments du problème pour tenter de le résoudre. Mais, étant donné les réactions qu'involontairement je suscitais, je compris que ce n'était pas le moment, ni le lieu, de poser des questions et de demander des éclaircissements. Indubitablement, on me laisserait dans la même incertitude, à moins qu'on ne me clouât le bec par une réflexion désagréable ou brutale.

Bien entendu, je gardai pour moi toutes ces réflexions et je suivis à table l'honorable sir Archibald Duncan.

Ses deux fils se tenaient déjà dans la pièce, debout de chaque côté de la cheminée.

Un troisième invité les avait rejoints. Le crâne de

ce dernier s'ornait de cheveux roux, son teint était coloré. Il pouvait avoir une trentaine d'années, tout au plus, et représentait assez bien le type écossais, tel que l'étranger se le figure d'après les relations des journalistes et des voyageurs.

Le maître me le désigna, toujours avec le geste de la main, autoritaire et un peu sec, qui lui paraissait habituel.

— Sir Arthur Mac Lean, un de nos bons amis, qui vient ici pour nous aider à descendre quelque gros gibier.

Le vieillard avait repris un ton parfaitement neutre et de bonne compagnie, comme si notre conversation de tout à l'heure n'avait jamais eu lieu.

— On m'a signalé, reprit-il en guise de commentaire, une bande de renards assez dévastateurs. Il va falloir que nous en abattions quelques-uns.

Il avait toujours ce ton dominateur et cette allure orgueilleuse que je supposais inhérents à sa nature et dont je voyais bien qu'il ne s'apercevait même pas. Il ne devait pas faire bon de le contredire. De toute évidence, l'habitude du commandement est l'une de ces habitudes dont les hommes ont le plus de mal à se défaire.

Je tendis la main au jeune homme roux, qui s'inclinait cérémonieusement devant moi.

— Alors, ma chère fille, continua sir Archibald, toujours de son ton de commandement, faites les honneurs de la table... Vous me mettrez en face de vous et vous mettrez à votre droite mon vieil Arthur Mac Lean. C'est le meilleur garçon de la terre et je suis sûr que, lorsque vous le connaîtrez mieux, vous le verrez venir avec plaisir à Uam-Var. Il sait des tas d'anecdotes plus savoureuses les unes que les autres.

Je reprenais du poil de la bête. Mon sourire répondit à cette exhortation.

Le dîner commença.

Je me rappelle les moindres détails matériels de cette soirée, qui sont restés gravés dans ma mémoire avec une précision étrange, tandis que ma pensée et mon imagination vagabondaient vers des préoccupations d'un tout autre ordre et vers des considérations d'une tout autre nature. C'est pourquoi je suis absolument incapable de me souvenir de la conversation qui s'est déroulée pendant ce dîner, alors que rien ne m'a échappé de ce qui concernait l'ordonnance du repas lui-même.

Ils burent d'abord un bon verre de *scotch,* puis on nous servit un potage.

Singulier potage !

On m'en avait déjà servi un pareil l'avant-veille. Il s'agissait de tête de mouton cuite à l'étuvée et dont la chair, savamment écrasée ou coupée en menus morceaux, nageait dans le bouillon. Le malheur voulait qu'en dehors du rôti et sauf peut-être pour le ragoût, je n'aie jamais pu supporter la viande de mouton ou d'agneau cuite à l'eau.

Je ne pris donc que très peu de ce mirobolant potage auquel je n'étais pas habituée. Mes convives parurent, au contraire, le trouver excellent.

Les chars — les fameux chars de Mme Bertram — furent accueillis avec plaisir.

Quant au gigot à la confiture de groseilles, il fut trouvé excellent par mes quatre convives.

C'était une façon nouvelle que je ne connaissais pas de servir le gigot. A mon humble avis, elle n'avantageait pas ce morceau de choix. Mais, enfin, ainsi qu'on me l'avait affirmé, c'est un mets national et de belle apparence que je pus goûter sans trop de déplaisir.

Comme nous étions au début de l'automne, on nous servit des haricots verts d'une espèce particulière, telle que je n'en avais pas encore mangé en France.

Il s'agit de haricots cueillis sur une treille de plus de deux mètres de haut, des haricots dont les cosses ont trente centimètres au moins de longueur et que l'on découpe finement en lamelles minces.

Déjà, plusieurs fois, dans les jours précédents, je m'étais arrêtée devant cette treille d'un nouveau genre. J'avais supposé qu'il s'agissait de haricots d'Espagne, c'est-à-dire de haricots à fleurs, alors que ceux-ci étaient comestibles. Ce mets fut donc, pour moi, une nouveauté. Il va sans dire que ces légumes tardifs et abondants, au goût différent de nos haricots verts, n'en étaient pas moins excellents.

Pourquoi tous ces détails matériels et un peu terre à terre sont-ils restés intacts dans ma mémoire avec autant de précision ? Peut-être parce que je suis d'un pays et d'un peuple où l'on attache une très grande importance aux questions touchant à la cuisine et à la table !

Je crois plutôt que, tout mon être étant tendu vers d'autres problèmes et vers d'autres préoccupations, ma cervelle a enregistré, mécaniquement, tout ce qui se rapportait aux choses matérielles se déroulant devant mes yeux et frappant mes sens, par une sorte de décalage automatique entre les diverses importances des valeurs.

A plusieurs reprises, mes yeux s'étaient dirigés vers les deux fils d'Archibald Duncan. Mais, dans leur tenue réservée, il me fut impossible de deviner lequel était Edward.

Il me parut même, à la réflexion, que le blond, que je supposais depuis le début être le plus vieux, puisque le plus grand, — incongruité des syllogismes humains, — me considérait avec un certain dédain.

Ce devait être une impression erronée, mais il me

semblait positivement que ses yeux évitaient les miens avec quelque affectation. Cependant, quand je faisais un geste ou que je disais un mot, — je n'étais pas du tout à la conversation, mais, de temps à autre, il fallait bien donner l'impression polie d'écouter ce que l'on disait, — il avait une façon de me regarder de haut, d'un petit air méprisant, qui m'importunait prodigieusement.

Je n'avais pourtant nul besoin d'être agacée d'une façon supplémentaire, car je l'étais déjà passablement en arrivant à table.

En revanche, le jeune homme brun — toujours d'après mes impressions — me fut sympathique et je pensais en moi-même que, contrairement à ma première supposition, si c'était vraiment lui qui était mon mari, je serais ravie.

Son air était aimable. Il paraissait bon garçon et, tout compte fait, il me plaisait assez puisque, de toute façon, ce n'était pas un troisième qui se trouvait être mon mari, mais obligatoirement un de ces deux-là et qu'il n'y avait pas à choisir ailleurs. Je le préférais à l'autre.

Quoi qu'il en soit, et malgré mes efforts pour trouver une solution à cette énigme conjugale, cette première journée de notre rencontre s'acheva sans que je puisse éclaircir le mystère de l'identité de mon mari.

Parce que je trouvais inadmissible d'avoir à résoudre un tel problème, je me sentais intérieurement crispée, un véritable paquet de nerfs.

Pour cette raison, je vis avec plaisir s'achever la soirée.

CHAPITRE XI

Plusieurs jours passèrent ainsi, sans amener aucun éclaircissement sur ma situation, pas plus de la part de sir Archibald Duncan que des autres habitants d'Uam-Var.

Que je le veuille ou non, il était évident que j'étais en train de m'intégrer, personnellement, à la vie du domaine. J'étais la première à en être estomaquée, étant donné l'hybridité de ma position. C'était un fait : je m'habituais à vivre au manoir, exactement comme si je n'avais pas fait autre chose depuis ma plus tendre enfance, ou mieux comme si je n'avais jamais cessé d'y vivre. Ce qui prouve que l'on s'habitue à tout ici-bas, même aux choses les plus anormales et les plus insolites. L'être humain est une créature dont les possibilités de mimétisme et d'accommodation, d'assimilation, sont pratiquement sans limites. Je crois, personnellement, que l'homme pourrait parfaitement arriver à s'acclimater sur la planète Mars, malgré l'énorme différence de conditions de vie qui doit exister entre cette planète et la nôtre, pourvu qu'il y soit soumis à un entraînement approprié et progressif, tellement développées et insoupçonnées sont chez lui ses facultés d'adaptation.

Quoi qu'il en soit, ce à quoi j'avais personnellement le plus de mal à me faire, ce n'était point le travail de maîtresse de maison, ni les charges nouvelles qui m'incombaient, ni le nouveau décor ou les nouvelles habitudes, ni la langue, quoique le personnel, s'exprimant la plupart du temps en patois écossais ou même souvent en gaélique, cette particularité ne fût pas faite pour me faciliter les choses.

Non, tout cela, à la rigueur, était un ensemble de circonstances auxquelles, pour nouvelles qu'elles fussent pour moi, j'arrivais plus ou moins à m'habituer sans difficulté. Non : ce que j'avais le plus de mal à admettre était ma position de mariée sans l'être et l'ignorance étrange, grotesque, bouffonne, dans laquelle je me trouvais concernant l'identité de mon mari et le manque total d'intérêt qu'il témoignait, quel qu'il fût, pour ma précieuse personne.

J'avais beau me raisonner et me dire que ce que j'avais conclu n'était point un mariage, au sens que l'on donne d'ordinaire à ce mot, mais bel et bien un simple arrangement commercial, rien n'y faisait. Je demeurais, malgré moi, profondément vexée, je dirais même blessée dans mon amour-propre et, sans me l'avouer clairement à moi-même, parfaitement déçue.

Ce qui prouve que si l'être humain, comme je viens de le dire, possède une facilité d'adaptation presque sans limites, il n'est pas moins vrai, aussi, qu'il n'est jamais content.

La présence, au château, des quatre hommes donna évidemment beaucoup plus de mal au personnel. C'est à peine si Catherine qui, pourtant, était en principe dévolue à ma personne, eut le temps de s'occuper de moi.

J'avais, cependant, bien des questions à lui poser. Il me semblait qu'elle était la seule à qui je pusse m'adresser pour avoir quelques détails sur le caractère des divers personnages du domaine, sinon sur le mystère que je sentais planer en toute cette affaire. Catherine ne savait vraisemblablement rien, mais elle aurait pu posséder des renseignements ou des recoupements capables de me mettre sur la voie.

Pendant plusieurs jours, je ne pus la voir seule. La brave fille avait tous ses instants occupés et n'était visiblement pas d'humeur à bavarder.

N'ayant pu avoir Catherine qui trimait comme trois domestiques, je réussis, un beau matin, sans avoir l'air d'y toucher, à coincer la *bonne dame* elle-même, pendant que nous descendions toutes les deux à la cave afin de vérifier le renouvellement de la provision de *guinness,* bière brune très épaisse mise à la disposition des convives.

Prenant prétexte d'une réflexion de Mme Bertram concernant les derniers exploits de la famille Duncan à la chasse à la grouse, je lançai à la cantonade, sans avoir l'air d'y attacher la moindre importance, comme s'il se fût agi d'un détail négligeable :

— Je confonds toujours le nom des deux fils de sir Archibald, fis-je, d'un air vaguement interrogatif. Quel est l'aîné des deux ?

La bonne dame me regarda avec ahurissement.

— Lady Duncan se moque de moi, dit-elle, d'un petit air choqué. Elle doit bien connaître son mari, sans que j'aie à le lui désigner.

Je devins rouge comme une pivoine et tâchai, sans trop de succès, de couvrir ma honte en éclatant de rire et en parlant d'autre chose.

Toujours est-il que ce fut là tout le succès qu'obtint ma tentative maladroite. Je me sentis profondément ridicule et je me gardai bien de la renouveler avec la *bonne dame,* et à plus forte raison avec le reste du personnel.

Cette attitude, dictée au fond par un sentiment de

curiosité complètement déplacé, était d'autant plus impardonnable de ma part que sir Archibald Duncan m'avait mise en garde.

En effet, une semaine après mon arrivée, il m'avait de nouveau appelée dans son bureau particulier et m'avait recommandé d'éviter d'aborder tout sujet pouvant se rapporter à mon mariage dans mes contacts avec le personnel d'Uam-Var, car celui-ci n'avait absolument pas à connaître dans quelles conditions j'étais devenue maîtresse de maison.

Cette recommandation était marquée au coin du plus strict bon sens et j'aurais dû, effectivement, m'y conformer.

Quant à demander de plus amples explications à sir Archibald lui-même, il ne pouvait en être question pour moi, après l'éclatant succès que j'avais remporté, en la matière, le soir de mon arrivée. Je n'étais pas près d'oublier l'accent avec lequel il avait alors prononcé son : « Vous ne comptez pas créer tout de suite une intimité entre lui et vous ? », qui me faisait encore rougir rétrospectivement rien que d'y penser.

Au cours de cette seconde entrevue, par contre, il se montra fort prolixe sur d'autres sujets et, je dois le reconnaître, délicieusement paternel.

— Je puis vous dire, ma fille, m'annonça-t-il, que jusqu'ici tout se passe comme je le souhaitais.

— J'en suis ravie, mon père.

— J'ajouterai, poursuivit-il, en me gratifiant d'un large sourire, que si vous entrez bien dans votre rôle de maîtresse de maison, je vous en récompenserai royalement.

— Je vous en remercie sincèrement.

Mes préoccupations, à vrai dire, m'occupaient ailleurs, mais mon devoir était de ne pas négliger ou dédaigner ce côté de la question. Après tout, si j'avais accepté cette situation, si j'étais allée jusqu'à me laisser marier avec un inconnu, c'était précisément pour des raisons financières imprévues et il était heureux que sir Archibald fût dans une telle disposition d'esprit qu'il dépassât nettement les clauses et conditions du contrat passé entre nous : cela me permettait d'adoucir singulièrement les conditions de vie de ma famille en France.

Comme s'il devinait ma pensée, mon interlocuteur ajouta :

— J'ai appris que vous avez des frères et sœurs à votre charge.

— En effet. Je suis l'aînée d'une famille de cinq enfants.

Il me posa alors une foule de questions sur mon père, ma mère et mes quatre frères et sœurs.

Je lui répondis de mon mieux, avec le plus de simplicité et de naturel possible, en retraçant la personnalité et la carrière de mon père, sa maladie, sa mort, la situation dans laquelle nous nous étions trouvés après sa disparition, la maladie de ma mère, les charges qui s'étaient accummulées sur mes épaules, la jeunesse et les espoirs de mes frères et sœurs. Je survolai rapidement le chapitre de mon inexpérience et celui de la dilapidation des fonds familiaux entre mes doigts, mais je traçai, néanmoins, un tableau assez précis des difficultés rencontrées par une famille nombreuse, décapitée subitement de son chef et de son soutien.

Il m'écouta religieusement, avec une gravité visible. Quand j'eus fini, il réfléchit pendant quelques instants, tout en me regardant avec sympathie.

— Il est un peu tard, finit-il par dire, pour faire venir en vacances l'un de vos frères ou de vos sœurs. Mais vous pourrez, à Noël et à Pâques, si vous le désirez, leur offrir le voyage jusqu'ici. Je les recevrai avec plaisir et j'organiserai pour eux quelques belles chasses.

Il semble qu'en toute saison, en haute Ecosse, la chasse soit un plaisir recherché. Cette promesse vis-à-vis de mes frères témoignait donc de toute la bonne volonté de sir Duncan.

Et cette offre, venant après la promesse d'une récompense royale, commença à ébranler sérieusement, chez moi, les préventions que j'avais pu garder jusqu'alors concernant la ladrerie légendaire des Ecossais.

« A moins, me disais-je en mon for intérieur, à moins que toute cette attitude et cette cascade d'offres et de générosités ne soient dictées par un puissant motif que j'ignore et que le ressort qui fait agir ce vieillard ne découle d'un sentiment qui m'échappe. Je suppose que je finirai, un jour ou l'autre, par le découvrir. »

Cependant, je suis obligée de convenir que sir Archibald m'a toujours ménagé, depuis mon arrivée chez lui, une vie tranquille, respectable et respectée ; sa dignité m'entoure d'une façon vigilante et affectueuse.

Je suis aussi forcée de reconnaître que, dès la première minute qu'il m'a vue, il m'a traitée comme si j'étais vraiment sa fille. Il m'en a donné, sans mesquinerie, la place dans sa maison. Et depuis, il ne s'est jamais départi, vis-à-vis de moi, de cette attitude bienveillante.

Même dans les choses et les actes les plus banals, les plus quotidiens, je suis à même de constater ce souci immuable. C'est ainsi qu'il m'offre le bras pour passer du salon à la salle à manger, ou vice versa ; il ne néglige jamais une occasion de solliciter, ou d'avoir l'air de solliciter, mon avis pour tout ce qui a trait à l'ordonnance et à la bonne marche de la maison. Il me met en évidence toutes les fois, et c'est assez fréquent, qu'il y a des étrangers à Uam-Var. Sa tenue est parfaite et je n'ai qu'à m'en louer.

L'autre après-midi, il m'a prise par le bras et m'a entraînée dans la bibliothèque, où il m'a mis sous les yeux un texte de Tacite relatant le discours prononcé par Calgacus à ses compagnons d'armes dans les montagnes de Calédonie, qui sont précisément celles où nous nous trouvons. Il m'a déclaré :

— Ce discours peut figurer parmi les anciens monuments de ce pays. Il atteste le courage et la virilité de nos ancêtres qui, de toute évidence, sont les frères celtes des vôtres. Tenez, lisez, ma fille.

Quand j'eus terminé de lire le texte de Tacite, il guetta dans mes yeux l'effet qu'il me produisait.

— Ce qui est certain, affirma-t-il avec une pointe de fierté et une visible satisfaction, comme s'il s'agissait là d'une affaire personnelle et que ces événements se fussent déroulés l'année dernière et non pas il y a vingt siècles, ce qui est certain, c'est que les Romains ne purent ni soumettre ceux qu'ils appelaient les Calédoniens, ni pénétrer dans leurs montagnes du Nord.

Je ne pus qu'approuver entièrement son point de vue, ce qui lui fit réellement plaisir.

Si la tenue de sir Archibald est absolument au-dessus de toute critique, celle de ses deux fils, en revanche, est très réservée et froide d'une façon anormale et exagérée.

J'ai parfois l'impression qu'ils me tiennent à distance, comme s'ils me sentaient ou me considéraient inférieure à eux.

Je ne saurais dire à quel point cette attitude me blesse et me mortifie. Ce n'est qu'une impression personnelle et cela ne correspond peut-être pas à la réalité, mais le fait que je puisse éprouver cette sensation suffit à me donner un sentiment profond de révolte que j'ai les plus grandes peines du monde à maîtriser et à dissimuler. N'était-ce la présence constante de leur père et son attitude amicale, je crois que je finirais par faire un scandale.

Il m'est arrivé de m'adresser à eux, en parlant. C'est toujours brièvement et d'un ton glacial qu'ils me répondent.

Cependant, si je dois être tout à fait sincère avec moi, je dois avouer que, sur le visage du petit brun, je crois voir un peu moins d'hostilité que chez l'autre. Si j'osais, je dirais qu'il se montre plus camarade avec moi, toutes proportions gardées !

Je sais que les jeunes gens anglais sont toujours extrêmement réservés vis-à-vis des femmes : on m'a appris que cela fait partie, en quelque sorte, de leur éducation, de leur formation. Mais, enfin, ils ne doivent pas ignorer que je suis la femme de l'un d'eux, ou du moins qu'un titre légal me fait l'épouse de l'un d'eux !

Rien n'apparaît de ce lien en leur attitude et j'en suis toujours réduite à toutes les suppositions. C'est même assez extraordinaire et de plus en plus incompréhensible... C'est un peu comme si tout le monde s'était donné le mot pour me dérober la vérité...

Et j'ai la sensation que je ne suis pas près de posséder la clef de l'énigme.

CHAPITRE XII

Ce matin, gros émoi dans la maison. Il était à peine plus de onze heures, nous étions réunis pour le *breakfast* et nous allions nous mettre à table, quand Caleb pénétra dans la salle à manger, une carte sur un plateau. Le brave garçon, on ne sait pourquoi, semblait être sur des charbons ardents.

— On demande lady Duncan, finit-il par dire, comme s'il connaissait soudain de grandes difficultés d'élocution.

— Qui est-ce ? interrompit sir Archibald en prenant son air de commandement des grands jours.

— Je ne sais pas, répondit Caleb. Ce sont trois messieurs. On dirait des hommes venant de loin... acheva-t-il, gêné de sa remarque.

Il répéta :

— Ils demandent lady Duncan...

— Sa Grâce n'attend certainement personne ! interrompit, une nouvelle fois, le maître de maison. Montrez-moi cette carte, Caleb.

Torturé par les affres de l'indécision, le pauvre Caleb faisait peine à voir.

Je mis un terme à ses angoisses en prenant la carte.

J'y jetai un coup d'œil avant de la passer à sir Archibald.

Le nom m'était absolument inconnu.

— Voyez vous-même, mon père, déclarai-je avec mon sourire le plus angélique. Moi, je ne connais pas...

Le maître regarda le bristol, puis resta quelques instants silencieux.

— Fais entrer ici, finit-il par déclarer, en s'adressant à Caleb.

Cette invite était absolument inhabituelle et contraire à toutes les règles établies.

Ce disant, il se leva de table et alla s'accouder contre la cheminée.

Instinctivement, sans réfléchir, en le voyant faire, je me levai aussi, ce qui fit que, instantanément, les trois autres convives, les deux fils et Mac Lean, crurent devoir m'imiter et se levèrent à leur tour.

J'étais passablement intriguée. Je ne connaissais absolument personne en cette contrée. Qui pouvait avoir un intérêt quelconque à s'adresser à moi et dans quel dessein ?

A ce moment, la porte s'ouvrit et les trois visiteurs annoncés pénétrèrent dans la pièce. Ils présentaient un aspect plutôt rébarbatif et étaient, tous les trois, d'un certain âge. Leurs vêtements semblaient remarquablement crottés, ce qui n'était pas pour surprendre, étant donnée la pluie compacte et persistante qui inondait la contrée depuis la veille.

— Je m'excuse d'arriver à cette heure, dit l'un d'eux, qui paraissait le plus âgé. Je suis l'avoué de sir Duncan Hummer et je viens m'assurer, avec mes deux clercs, de la présence, près de vous, de lady Christiane Duncan.

« Tiens ! tiens ! tiens ! » pensais-je, tout étonnée.

Cela commençait à devenir intéressant... L'existence d'une *lady Christiane Duncan* semblait devoir susciter le déplacement d'un avoué, flanqué de deux clercs.

Qui était *Duncan Hummer?*

Le visage de sir Archibald prit la teinte brique des mauvais jours. Ses sourcils s'ébouriffèrent et ses narines palpitèrent dangereusement. Ce fut d'une voix singulièrement coupante que je ne lui connaissais pas encore qu'il déclara, en s'adressant à l'homme qui venait de parler et en me désignant de sa main dure et noueuse :

— Voici ma belle-fille... Mais si vous avez quelque chose à lui demander en cette affaire, veuillez vous adresser à moi. D'abord, parce que je n'ai pas l'habitude que les femmes de la famille s'occupent de mes affaires et, d'un autre côté, parce que je tiens à sauvegarder la tranquillité de mes enfants. Donc, conclut-il d'un ton de commandement sans réplique, si vous voulez me suivre dans mon cabinet je répondrai aux questions que vous me poserez.

Et cette dernière affirmation semblait, dans l'esprit de son auteur, représenter la dernière limite des concessions auxquelles il était disposé à se soumettre.

Le ton de sir Archibald était de ceux qui font plier les chênes et qui n'admettent ni discussion ni réplique. Toutefois, son interlocuteur ne parut nullement ébranlé et se contenta de hocher la tête le plus calmement du monde.

Manifestement, il en avait vu d'autres et de plus mûres ! Sa profession avait dû, depuis longtemps, le vacciner contre les déclarations péremptoires et les affirmations impératives.

— Non !... se borna-t-il à déclarer, en toute simplicité et avec une force calme et résolue qui n'était pas inférieure à la détermination de son interlocuteur. Non, Votre Honneur, j'ai une mission à remplir et je la remplirai.

C'était, apparemment, le heurt de deux volontés pareillement trempées et également inébranlables.

Qui allait avoir le dernier mot ?

Toujours est-il que l'avoué, puisque avoué il y avait, sans plus se préoccuper des objections possibles de sir Archibald, s'adressa alors carrément à moi :

— Madame, permettez... Vous êtes bien lady Edward Duncan, née Christiane Chambreuil ?...

Mon regard toisa l'homme.

— Oui, monsieur, dis-je sans aménité.

— Parfait. Le père de Votre Grâce se nomme ?

Cette fois, je mis un peu de hauteur dans mon ton :

— Mon père est décédé, monsieur. Il se nommait le général Chambreuil.

Ses deux clercs paraissaient transcrire mes réponses sur un carnet tiré de leur poche et cela me fit froncer le sourcil.

— Vous êtes sa fille légitime ? continua l'autre, imperturbable. Vous avez encore votre mère, je crois ?

— Oui, monsieur. Mais je suis majeure et mes parents n'ont plus rien à voir de ce qui concerne ma vie privée.

Je ne sais pourquoi j'avais tenu à mettre ainsi les points sur les *i*. Mais je m'étais dit, tout à coup, que si l'on faisait une enquête sur ma personne, pour des raisons que j'ignorais, on pouvait tout aussi bien poursuivre l'enquête en France et interroger ma famille. Dans ce cas, comme personne à Paris n'était au courant de mon étrange mariage, il me fallait éviter, dans la mesure du possible, que l'on mît les pieds dans le plat.

En pensée, je voyais l'ahurissement de ma mère, son mécontentement et même sa colère contre moi qui m'étais mariée sans la prévenir. Je me rendais compte que, mise au pied du mur, je n'aurais pas su vraiment expliquer aux miens ce qui m'était arrivé.

Instinctivement, je me dressais contre cet interrogatoire et mon ton manquait de chaleur.

Sans se troubler, l'avoué poursuivit :

— Vous êtes majeure, donc vous avez vingt et un ans au minimum ?

— C'est cela !

J'étais vraiment saisie par tant de pénétration et par l'acuité de cette vérité de La Palisse. Mais il faut croire que, pour les hommes de loi, rien n'est évident et tout doit être prouvé, confirmé.

A ce moment, je m'aperçus qu'un des deux fils de sir Archibald Duncan, le blond, était venu se placer, raide comme un piquet, à quelques pas de moi.

Il prit la parole, en s'adressant à l'avoué, avec une dureté presque métallique que je n'avais pas remarquée jusque-là et qui me laissa muette de saisissement.

— Ne croyez-vous pas, monsieur, fit-il, que vous devriez accepter l'invitation formulée, tout à l'heure, par mon père et passer, avec lui, dans son cabinet de travail ?

L'homme, saisi à son tour par le ton de cette voix, toisa ce nouvel interlocuteur, comme s'il avait voulu le jauger. Sa voix, à son tour, prit un ton tranchant qui faisait penser à une casserole d'eau tout près d'atteindre le point d'ébullition :

— Votre père répondra, tout à l'heure, à mes questions... si je lui en pose !... Mais, pour le moment, j'interroge Madame.

Cela avait l'air de vouloir se gâter tout à fait. Je commençai à me sentir mal à l'aise.

— Madame n'a pas à vous répondre, déclara le blond gentleman sur le même ton que précédemment. Mon père vous l'a fait suffisamment sentir, et, moi, je ne vous autorise pas à poursuivre. Lady Duncan n'a pas à répondre à des questions dont le moins qu'on puisse dire est qu'elles sont parfaitement déplacées.

Tourné vers moi, il ajouta, en s'efforçant visiblement de se maîtriser et de couvrir la colère contenue, qui perçait sous sa froide apparence, en la déguisant dans un ton de prière à peine perceptible :

— Je vous en prie, ma chère amie, veuillez ne pas répondre à cet homme... Je vous l'interdis...

« Je m'y oppose, rectifia-t-il.

Une rougeur me monta au front. En cette minute, j'eus la conviction que celui qui parlait était Edward Duncan. Son attitude, son ton autoritaire à mon égard, cette défense qu'il me signifiait, tout me fit admettre ce que, depuis des semaines, je cherchais en vain à savoir.

Mais, hélas ! je m'étais déjà trompée tant de fois que je n'osais avoir une certitude quelconque. Une fois de plus, je pouvais tomber à côté de la vérité.

Le jeune homme blond continuait de se tenir auprès de moi, les mains dans les poches de son veston, dressé de toute sa hauteur qui était imposante. Il continuait à dominer l'avoué, dans une attitude que je ne pouvais m'empêcher de qualifier de *maritale*.

L'avoué prouva, une fois de plus, qu'il avait dû en voir d'autres.

Sans se troubler le moins du monde, il se tourna, à mon grand soulagement, vers ses deux assesseurs et déclara à son tour :

— Vous pouvez constater vous-mêmes, messieurs, que dans cette maison il existe bien une lady Duncan... dù moins, elle se dit telle... Je vous prie d'observer également qu'on ne me permet pas de lui parler... On prétend même nous empêcher de poursuivre notre interrogatoire...

Cela avait été dit d'une voix volontairement monocorde et comme absente, du ton dont un professeur de physique constaterait sans passion que les corps solides se dilatent sous l'influence de la chaleur.

Etant donné les circonstances, je pouvais penser que cette affirmation, exacte en soi, mettrait fin à cette scène pénible, dont je ne comprenais, en définitive, pas un traître mot. Je pensais que cela se tasserait.

Mais, avant même que je me fusse rendu compte de ce qui se passait, l'autre frère, le brun, s'élança vers les trois hommes, en déclarant d'une voix dont il ne prit même pas la peine de dissimuler la colère et l'irritation :

— Si vous ne sortez pas immédiatement de cette pièce, je vous fais jeter dehors.

Il y avait une telle menace dans toute l'attitude de ce jeune homme musclé et nerveux qu'à mon grand étonnement il sembla imposer davantage aux trois inconnus que ne l'avait fait son frère.

Aussi étrange que cela puisse paraître, l'effet fut, cette fois-ci, instantané.

Les visiteurs comprirent en un éclair que l'avertissement donné par le jeune homme brun était tout ce qu'il y avait de sérieux. En quelques instants, sans autre forme de procès, ils quittèrent la salle à manger

De toute évidence, ils s'étaient immédiatement persuadés que leur visite ne pouvait se prolonger et que les trois membres masculins de la famille Duncan, père et fils, pour des raisons aussi péremptoires qu'inconnues de moi, ne les acceptaient pas chez eux.

Toute la scène n'avait duré que quelques minutes.

Quant à moi, absolument bouleversée par ce qui

venait de se passer, secouée par la violence de cet échange de mots rapides, mais menaçants, j'étais tombée assise au coin de la cheminée, en me demandant, une fois de plus, ce que je pouvais faire en cette galère.

Au lieu de s'éclaircir, le mystère dont je me sentais entourée depuis le début s'épaississait.

Et, accessoirement, je n'étais plus sûre du tout que le grand blond fût mon mari, car si ce dernier m'avait ordonné de ne pas répondre, l'autre, avec ses poings serrés et son attitude sans réplique, venait d'agir véritablement en maître absolu.

Alors, de nouveau, mon regard alla de l'un à l'autre.

S'il est vrai, comme on l'affirme, que les femmes aiment être dominées et commandées, s'il est vrai qu'elles admettent être soumises à une volonté plus forte que la leur et à des ordres sans réplique, alors il n'y avait pas de doute, j'avais l'embarras du choix.

Sitôt les hommes partis, le petit brun s'excusa tout de suite auprès de moi :

— Je suis navré, ma chère, dit-il d'un ton empressé, d'avoir dû user de ce langage violent en votre présence, mais le procédé ignoble qui consiste à venir s'assurer *de visu* de votre existence m'a positivement révolté... Je n'admettrai jamais cette façon de faire à Uam-Var.

Je n'admettrai jamais. Etait-ce, oui ou non, parler en maître ?

Quant à l'autre, il déclara :

— Christie est étrangère, sans quoi elle aurait su qu'elle n'avait pas à fournir de réponses à ces trois individus. Rien ne l'y obligeait. C'est une façon d'agir qui n'est pas normale, en Angleterre, où le respect de la personne humaine demeure peut-être notre bien le plus précieux. Je m'excuse également, ajouta-t-il en s'adressant directement à moi, je m'excuse, lady Duncan, de n'avoir pas su écarter de vous ces odieuses visites.

De n'avoir pas su écarter de vous ces odieuses visites... Etait-ce, oui ou non, parler en époux ?

Bonté divine ! Tout compte fait, le mystère subsistait.

Quant à Arthur Mac Lean, il n'avait pas ouvert la bouche pendant toute la scène et il continua de même pendant un long moment.

Aussitôt après la déclaration du gentleman blond, sir Archibald vint vers moi en arborant son plus beau sourire et en s'efforçant visiblement de minimiser ce qui venait de se passer :

— Allons, l'histoire est classée ! Venez vous mettre à table, ma petite enfant, et ne soyez pas tourmentée... Il s'agissait de savoir, tout simplement, s'il existait bien, chez nous, une véritable maîtresse de maison, ou si ce n'était pas, plutôt, une gouvernante en tenant lieu...

Puis, avec volubilité, une volubilité que je ne lui connaissais pas, comme s'il était pressé de passer à un autre sujet de conversation, en s'adressant aux trois autres :

— J'ai une faim de loup et je pense que vous aussi, messieurs, avez hâte de manger... Mettons-nous à table et vous, ma chère Christiane, ne pensez plus à cette déplorable scène. Enterrez tous vos soucis sous une bonne tranche de venaison. Ce pâté me paraît excellent et je féliciterai Mrs Bertram de l'avoir si bien réussi...

Nous nous mîmes de nouveau à table, mais mon appétit était coupé. J'étais encore toute tremblante de la singulière scène qui venait de se dérouler...

Il est évident qu'il fallait l'oublier, comme venait de le dire sir Archibald, et que le meilleur parti à prendre était encore de faire honneur, de bon cœur, au déjeuner.

C'est ce que, apparemment, mes quatre convives masculins adoptèrent sans plus de scrupules.

Mais, personnellement, je n'arrêtai pas de ruminer intérieurement les circonstances étranges de cette singulière visite et l'insistance de sir Archibald à vouloir y trouver une explication anodine.

CHAPITRE XIII

Cependant, dans le dépaysement où j'étais plongée, une vive clarté jaillissait et remplissait mon âme de joie : c'étaient les nouvelles que je recevais de France.

Ma mère était allée se reposer en Corrèze dans un village paisible que son docteur lui avait indiqué. Elle y avait trouvé un bon hôtel, pas trop cher et cependant confortable, situé dans un site charmant. D'après ce qu'elle m'écrivait, la nourriture y était abondante et soignée, l'air très pur, et elle pouvait, dans un calme absolu, y poursuivre sa convalescence et reprendre des forces.

Mes frères et sœurs l'avaient suivie et, enchantés de ce séjour à la campagne, ils faisaient de longues excursions dans les environs. Chacun d'eux me rendait compte, avec plaisir, des bonnes couleurs acquises par tous les autres.

Ces lettres m'aidaient à supporter l'exil. La pensée que mon équipée et le versement que j'avais pu faire, grâce à elle, avaient permis le voyage et les vacances des miens, et la convalescence de ma mère, non seulement me causait un grand soulagement, mais encore me dédommageait largement des inconvénients et difficultés que je rencontrais.

Je dois dire en vérité que, jusqu'à ce jour, j'avais évité soigneusement de faire à ma mère une allusion quelconque concernant mon mariage. D'une part, je n'avais pas eu, jusque-là, une minute à moi pour réfléchir posément à la question ; d'autre part, j'estimais un peu prématuré, étant donné la récente maladie de ma mère, toujours sous la menace d'une rechute, de la mettre au courant aussi brusquement du fait accompli, ou, plutôt, d'un état de fait qui ne ressemblait vraiment à aucun autre et qu'il était extrêmement difficile d'expliquer à distance.

Mais, surtout, je voulais me donner à moi-même le temps de réfléchir à la question. Car, on avait beau dire et beau faire, malgré les apparences et le fait que je savais pertinemment qu'il en était ainsi, je ne me sentais pas mariée le moins du monde. J'avais beau en être sûre, il fallait que je me le répète tous les jours pour m'en convaincre. Non seulement ce mariage ne ressemblait pas du tout à ce que je m'étais toujours figuré qu'un mariage fût, mais il n'y avait absolument aucune différence, sur le plan intime, entre ma vie actuelle et ma vie de jeune fille.

J'étais en quelque sorte une jeune fille en visite. Je dirai même plus : si, à Paris, il m'était parfois arrivé d'avoir de vagues *flirts,* en tout bien tout honneur, ici, il n'en était absolument pas question et mon existence se passait, en réalité, comme si elle se fût écoulée derrière les grilles d'un couvent.

Comment expliquer à ma mère une pareille situation, en porte à faux ?

D'une façon ou d'une autre, pour le moment, la haute Ecosse restait pour moi le pays que les circonstances m'imposaient, mais auquel mon cœur n'était pas encore attaché.

En dehors des considérations auxquelles je pouvais me livrer sur mon fantôme de mari, l'Uam-Var, ce donjon entouré de murs, ne présentait rien d'attrayant.

La première journée achevée, le tour du domaine effectué et les pots de confitures décomptés soigneusement, j'en étais parfois arrivée à regretter, pour me distraire, que les esprits hantant les nuits des vieux châteaux écossais ou le monstre célèbre du Loch Ness n'existassent pas réellement ; mais tout cela restait rigoureusement du domaine de la légende et ne recevait à Uam-Var aucun début de confirmation.

Oppressée par le spectacle de la lande environnante et dans mon désir de contempler autre chose que des bruyères et des ronces, j'avais toutefois trouvé une occupation et un exutoire à mes refoulements.

C'était devenu un réel besoin physique.

Derrière la grande bâtisse, le long de l'aile la plus exposée au pâle soleil qui nous éclairait, avec l'aide de Caleb et de Catherine, j'avais réussi à installer une sorte de serre primitive. Je l'avais aménagée avec amour en y transportant du terreau et en la recouvrant d'une verrière rudimentaire, et j'y avais semé — il n'y a que la foi qui sauve — des graines de fleurs.

Je ne pouvais m'imaginer qu'il y eût eu, autrefois, à Uam-Var, des femmes, des *maîtresses de maison* qui, y vivant, n'avaient pas essayé d'enjoliver le domaine.

Eh bien ! ces fleurs commençaient à pousser. J'en étais toute saisie.

J'avais fait acheter à Lairg marguerites, soucis, pensées, giroflées, etc. Il eût été imprudent de jouer la difficulté et de narguer le destin. Il fallait me contenter de fleurs assez communes et faciles à soigner.

Tous les jours, je suivais les progrès de mes semis avec un soin jaloux et une fierté non dissimulée.

J'avais eu raison d'avoir confiance : dans cette étrange maison, ces modestes plantes allaient représenter pour moi un grand attrait et une charmante consolation.

La joie de pouvoir fleurir les pièces que nous habitions m'était précieuse. A commencer par la fameuse *chambre rouge,* celle que j'habitais et qu'intérieurement j'avais baptisée depuis le premier jour *chœur monastique,* grâce à ses dimensions, son aspect glacial et son masque total d'intimité.

Toutefois, tout cela n'était qu'amusements superficiels et tentatives timides pour dissimuler le véritable fond de mes préoccupations.

Une seule chose, vraiment, dominait ma pensée.

Le problème effectif qui me tourmentait de jour en jour davantage, en dépit des efforts désespérés et suivis que je faisais pour le repousser et le sortir de mon cerveau et de mon imagination, c'était le problème de mon singulier mariage.

J'avais cessé maintenant d'avoir des doutes sur l'identité de celui que j'avais épousé, mais la question pouvait avoir changé d'aspect, elle n'en restait pas moins, pour moi, tout entière.

Je savais à présent lequel des deux garçons était l'homme que j'avais épousé.

Depuis quelques semaines, je m'étais documentée, par la force des choses, sur la langue gaélique, l'*erse albannach,* que, plus ou moins, parlaient presque tous les membres du personnel d'Uam-Var. Je commençais à m'y reconnaître, bien que cela n'eût absolument aucun rapport avec la langue anglaise. J'avais fini par me familiariser avec les diminutifs et les appellations celtiques.

Si j'avais connu ces détails depuis le début, j'aurais constaté que personne ne songeait à me dissimuler quel était Edward et quel était Michaël.

Le premier, on le désignait familièrement sous l'appellatif gaélique de Neddyc.

Quant à l'autre, il était Mikayn.

Ce fut mon ignorance de l'idiome original des *Highlands* qui me fit méconnaître si longtemps la véritable personnalité des deux frères.

Maintenant, je savais que le grand blond, froid et hautain, était bien celui dont le nom figurait à côté du mien sur les registres de l'état civil. Vis-à-vis de moi, il se montrait toujours d'une parfaite correction, mais il évitait aussi toute familiarité. Nous restions deux personnes absolument étrangères.

Et c'est cela qui me tourmentait, bien que je n'osasse pas me l'avouer à moi-même. Son attitude me blessait profondément et m'affligeait au-delà de toute limite raisonnable. Comment ! Cet homme qui, après tout, était bel et bien mon mari, ne prêtait aucune attention à moi !... Il était comme si je n'existais pas !

Etais-je donc si laide, si désagréable à regarder ? Ou bien y aurait-il quelque autre raison secrète qui l'éloignait de moi ?

Je récapitulais mes souvenirs de jeune fille, car je me prenais à douter de moi-même. Mais je devais reconnaître que je n'avais, auparavant, jamais eu l'impression d'être un objet de répulsion, de haine ou même de simple indifférence. Sans me vanter, je pouvais même, raisonnablement, estimer que j'avais connu un certain succès auprès de mes camarades de cours... sans aller jusqu'à dire que j'avais eu un succès certain.

Alors, que se passait-il ?

Bien sûr, il n'était pas question que je me jetasse à la tête du blond Edward, ni que je pensasse, même un seul instant, à ce que sir Archibald avait appelé, le premier jour, des *intimités*.

Rien que d'évoquer cette scène, le rouge me montait au front.

Non ; mais de là au dédain et à la froideur que je constatais chez mon mari, il y avait une certaine marge et j'en perdais toute confiance en moi.

En dehors des interrogations me concernant personnellement que je me posais à moi-même et qui commençaient à me créer une sorte de complexe d'infériorité, je me surprenais à observer, de plus en plus fréquemment et de plus en plus en détail, le comportement et les faits et gestes d'Edward, non seulement à mon égard, mais dans l'absolu.

C'est ainsi que je le regardais à la dérobée et que je le suivais des yeux quand il ne me regardait pas, ce qui arrivait le plus souvent. Je supputais ce qu'il était en train de faire et de penser, et, horreur ! je finissais machinalement par rêver de lui et par être hantée par sa présence invisible, même quand il n'était pas là.

C'était absolument inepte, je l'avoue, mais il était en train de devenir pour moi le fantôme d'Uam-Var !

Je finissais par connaître intimement ses traits, ses phrases, son allure, ses habits, sa façon de marcher, de s'habiller, de regarder, de monter à cheval, de sourire, de manger, de boire, de monter ou de descendre un escalier ; bref, de vivre !

Cela était d'autant plus stupide qu'il ne me prêtait pas la moindre attention.

J'avais beau me répéter que c'était ridicule et indigne de moi, rien n'y faisait. Je continuais à regarder Edward et à penser à lui.

Il se peut que cet état de choses ait pris une gravité croissante du fait de notre isolement relatif et de mon dépaysement ; que je le voulusse ou non, il était en quelque sorte, psychologiquement, la carte forcée.

Mais, si je dois réellement descendre jusqu'au fond des choses, je dois avouer que je ne sais pas jusqu'à quel point l'attitude distante et un peu dédaigneuse de celui que je nommais *mon mari* n'était pas à l'origine de mon état d'esprit.

Si Edward jouait les icebergs, Michaël, par contre, se montrait maintenant plus bienveillant.

C'est lui qui m'aidait à tourner et retourner la terre de ma serre modèle. C'est lui qui s'improvisa ingénieur et qui réussit à amener l'eau d'irrigation jusqu'à mon terreau.

Une autre fois, il m'offrit de faire des promenades à cheval dans la campagne.

Comme personne ne semblait y trouver à redire, et mon mari moins que tout autre, j'acceptai sans plus de façon.

Ce fut pour moi une grande joie et, comme je ne savais pas monter à cheval, ce fut encore Michaël qui proposa de m'apprendre.

Je mis dans ma bonne volonté d'élève un enthousiasme peu en rapport avec l'objet de la chose elle-même. Et je soupçonne fortement Christiane Chambreuil d'avoir, un peu exprès, forcé la note dans le dessein inavouable de faire sortir sir Edward de sa torpeur et de susciter peut-être un mouvement de jalousie.

Si tel avait été pourtant le secret désir de votre servante, la jeune dame, je dois le dire, en fut pour ses frais !

Apparemment, en tout cas, sir Edward resta de pierre et ne manifesta aucune émotion !...

— Vous monterez en écuyère, à la mode moderne, m'avait dit Michaël. Une simple culotte un peu large vous sera suffisante.

Comme je ne possédais aucun habit de ce genre, ce fut lui qui me procura cette première culotte, en attendant que je pusse aller moi-même, à la ville voisine, en acheter une à ma taille.

Il découvrit, au château, une culotte un peu large, ayant vraisemblablement appartenu à une des vieilles grand-mères de la famille Duncan. Je puis aisément l'ajuster.

Elle n'était pas d'une suprême élégance, je suis obligée de le reconnaître, et je ressemblais là-dedans à un lad d'écurie plutôt qu'à une *lady* raffinée, mais c'était pratique et ne gênait pas mes mouvements.

Comme je n'avais pas de guêtres, des bandes molletières garnirent mes jambes. C'était rococo à souhait : je ressemblais à un poilu de la guerre de 1914-1918.

Ainsi, plus ou moins bien équipée, je partis avec Michaël pour prendre mes premières leçons d'équitation.

Elles ne furent pas dépourvues d'humour. Tout nous était prétexte à rire.

Mon beau-frère avait vingt-cinq ans ; moi, guère plus de vingt et un... Toutes mes maladresses étaient une cause d'hilarité. Et Dieu sait si j'en commettais !

Je me rends compte qu'à ce moment-là je montais avec la grâce d'un sac de pommes de terre.

Je riais avec d'autant plus de joie que les occasions de gaieté à Uam-Var étaient plutôt rares. Et si Edward nous avait vus alors, il aurait dû palir de jalousie. La vérité m'oblige à dire qu'il ne nous voyait pas. Aurait-il d'ailleurs changé pour autant sa façon d'être ?

Hélas !... La jalousie était un sentiment qui lui demeurait apparemment inconnu, ainsi que l'amour ou que le simple flirt.

Je vécus là d'excellentes heures, passées hors d'Uam-Var. Elles me furent salutaires ! J'avais fameusement besoin d'aérer mes poumons, de rafraîchir mes pensées et de chasser les miasmes qui me hantaient dès que j'étais à l'intérieur du domaine.

J'eus ainsi une connaissance plus approfondie du pays.

Celui-ci renfermait de beaux bois et de belles terres bien cultivées, en opposition avec des landes incultes et mélancoliques qui montaient lentement à l'assaut des glaciers comme les steppes sauvages.

Peu à peu, je parvins à bien monter à cheval, ce qui me permit, par la suite, d'accompagner la famille dans plusieurs de ses déplacements.

Vint un moment où l'on se mit à rendre visite à quelques-uns de nos voisins qui nous retenaient, la plupart du temps, à dîner et quelquefois même à coucher. Et maintenant, contrairement à ce qui se passait au début de mon séjour en Ecosse, je faisais, moi aussi, presque toujours partie du convoi.

J'acceptais avec joie ces randonnées qui me permettaient de sortir de l'atmosphère devenue pour moi étouffante d'Uam-Var. Mais j'étais un peu comme le malade qui s'imagine soulager son mal en changeant de position. En réalité, je transportais ce mal avec moi, d'autant plus présent qu'Edward venait avec nous et que je passais le plus clair de mon temps à l'observer à la dérobée et à me livrer à des suppositions variées sur ce qu'il pouvait penser ou ne pas penser.

Je me maudissais intérieurement, je me traitais de sotte, mais je n'y pouvais rien. Ma cervelle battait la campagne toute seule, sans que ma volonté y contribuât.

La maigre consolation de ces excursions venait de ce que l'on m'appelait *madame* long comme le bras, car c'est un plaisir indéniable, pour une jeune fille, de s'entendre appeler *madame,* surtout si cela ne correspond à rien de tangible, comme c'était mon cas.

Cependant, lorsque le soir venu nous couchions chez les voisins, on ne me donnait jamais une chambre à partager avec Edward, comme s'il était tout naturel qu'il couchât avec son frère et que, moi, j'occupasse seule une autre chambre.

J'avais beau me poser le problème et me demander si c'était là une habitude écossaise générale, ou bien s'il s'agissait d'une attention spéciale que l'on réservait à notre cas particulier, ce dilemme ne fut jamais résolu et je restai dans mon ignorance, car je ne pouvais décemment demander à qui que ce soit des explications sur cette question.

Ces randonnées eurent un autre avantage : elles me permirent de rencontrer quelques jeunes femmes de mon âge, avec qui, faute d'avoir d'autres sujets de conversation, je me mis à échanger des recettes de cuisine.

On admettra qu'il ne m'était pas facile de leur parler de mon mariage. Je dois dire que, la plupart du temps, sur d'autres sujets comme la littérature, la peinture ou la musique, elles manifestaient peu d'intérêt.

La seule chose qui semblait les passionner était la philosophie qui, comme chacun sait, est le violon d'Ingres de tout Ecossais qui se respecte. Mais, dans ce domaine, c'était moi qui me montrais réfractaire, car je n'ai jamais réussi à me passionner pour cette science.

Je crois surtout que, en qualité de Française, on voyait en moi, avant toute chose, une ambassadrice de la mode et de la bonne cuisine. Pour ce qui concerne la mode, sans être affublée à la façon d'une pauvresse, je ne suis néanmoins pas habillée comme un mannequin de Schiaparelli ! Mes nouvelles amies avaient manifestement estimé préférable de se rabattre sur le chapitre de la cuisine.

La première chose que je leur enseignai fut de faire des pommes de terre frites : noblesse oblige, comme il se dit ! Elles trouvaient ce plat délicieux et je dus le leur apprendre successivement à toutes.

Je voulus aussi montrer à nos voisins comment on cuit le gigot au four. A Uam-Var, je n'avais eu aucun succès avec cette recette. Il en fut de même auprès de mes amies.

Elles convinrent que le goût du gigot rôti était tout différent de leur manière habituelle de le présenter sur la table. Je n'ai jamais réussi à savoir si, en leur for intérieur, elles le trouvaient réellement meilleur ; tout ce que je pus constater, c'est qu'elles en mangèrent sans rechigner.

Mais où j'excellai encore, ce fut dans nos desserts. Là, je dois dire que je me surpassai et que je fis de nombreux adeptes. Les œufs à la neige, la mousse au chocolat, la brioche, les tuiles et langues de chat, tout y passa !

Je ne sais pas, d'ailleurs, jusqu'à quel point cet étalage de capacités culinaires était fait pour étonner mes amies ou bien pour dégeler sir Edward Dundan. Je crois plutôt que c'est ce dernier qui était visé, sachant fort bien que c'est par le palais que l'on conquiert les hommes. Quoi qu'il en soit, si mon mari fut conquis, il n'en laissa absolument rien paraître.

L'animal !

Toutes ces délices culinaires furent l'occasion de charmantes réunions, sous prétexte de sauteries ou de parties de tennis. A ce sujet, le bât me blessait : sous le rapport du sport, j'étais naturellement en retard sur mes compagnons. Heureusement pour moi, le sport national étant le golf, j'eus la chance de ne pas m'y montrer trop maladroite ; et je dus remonter de plusieurs points, grâce à cette circonstance, dans l'esprit de mes amis et connaissances.

Il vint un moment où, basket, tennis ou golf, tout était prétexte à nous réunir. Des voisins avaient même creusé une piscine chez eux, d'une vingtaine de mètres de long, ce qui nous permettait des crawls impressionnants.

J'étais enchantée de la tournure prise par notre mode d'existence, qui me faisait sortir d'Uam-Var pour un oui ou pour un non, ou qui, lorsque c'était chez nous qu'on se réunissait, remplissait le domaine d'un tas de gens étrangers, jeunes et bruyants pour la plupart.

Cela m'empêchait de me tourmenter ou de rester en tête à tête avec moi-même. Ces réunions d'amis me permettaient de penser à autre chose qu'à mes propres problèmes.

Je tenais ma famille au courant de tous les divertissements auxquels je prenais part, car il me fallait bien l'entretenir de quelque chose. Je voulais surtout éviter de lui parler de ce qui me préoccupait réellement et que je considérais, à tort ou à raison, comme me regardant seule. Je ne manquais pas de recommander à mes frères et sœurs de nager le plus souvent possible et de faire au moins du tennis, afin de pouvoir briller lorsqu'ils viendraient passer leurs vacances chez moi.

J'attendais avec impatience l'époque à laquelle je pourrais les faire venir près de moi et je l'appréhendais en même temps. Car, si je me réjouissais de pouvoir leur faire plaisir, je savais que cette même époque serait la dernière échéance pour annoncer mon mariage à ma mère, puisque, à ce moment-là, je ne pourrais décidément plus lui cacher la vérité.

Qu'est-ce que je lui dirais ? Lui avouerais-je *tout,* ou bien me bornerais-je à lui faire part de mon mariage sans entrer dans les détails, sans indiquer les clauses et les circonstances étonnantes qui l'avaient amené ? Je n'en savais encore rien et continuais à ruminer le problème dans ma tête sans le résoudre.

Et en admettant que j'adopte cette deuxième solution, mes frères et sœurs s'apercevraient certainement qu'il était anormal, que quelque chose clochait.

Enfin, il fallait penser aussi que ma mère, même à distance, — une mère a des antennes inconnues des autres humains, — ma mère finirait probablement par deviner de quoi il retournait...

Tous les mois, sir Archibald me donnait une certaine somme à envoyer à ma famille et je lui étais reconnaissante de ne pas oublier les miens, car je n'eus jamais à les lui rappeler.

Il poussait l'amabilité jusqu'à s'occuper d'obtenir de l'Office des changes le permis d'exportation des devises, ce qui était une difficulté presque insurmontable à l'époque et dont, seule, je ne serais jamais venue à bout.

Il me fut, par contre, très difficile d'envoyer à ma famille quelques cadeaux d'Angleterre. Tout était rationné et l'on ne pouvait expédier par la poste aucune friandise ni aucun tissu.

Je ne pus donc gâter ma mère sous ce rapport-là. J'avais réussi néanmoins à acheter quelques coupons d'étoffe et je me promettais bien, si elle pouvait venir me voir un jour, de lui faire faire quelque robe douillette. Le beau drap était interdit, réservé à l'exportation, mais il y avait heureusement de chauds vêtements ouatinés dont on pouvait se couvrir l'hiver.

Tout cela était peut-être un peu puéril et passablement secondaire par rapport aux autres problèmes dont la solution me hantait ; mais c'étaient là les pensées qui m'occupaient, dans lesquelles je plongeais avec délices et avec persévérance, car c'étaient les seules pensées, lorsque je me retrouvais toute seule, qui m'empêchaient de réfléchir au reste.

Le reste n'ayant que trop tendance à prendre le dessus...

Je m'en voulais, d'ailleurs, d'entretenir ce *reste* et de me faire du mauvais sang pour des choses et des impressions qui, somme toute, étaient du domaine de l'impondérable et de la fantaisie et qui, en tout état de cause, ne présentaient nullement un intérêt immédiat.

Mais l'âme humaine est ainsi faite que, lorsqu'elle n'a pas de réelles raisons de souffrir, elle s'en crée et cherche les verges dont elle finit par être fouettée.

De quoi avais-je à me plaindre, après tout ?

Tout allait pour le mieux à Uam-Var. J'étais la véritable maîtresse de maison, considérée et accueillie comme telle. Mon beau-père et mon beau-frère me gâtaient véritablement, autant qu'ils le pouvaient. Tout cela était parfaitement conforme aux engagements pris de part et d'autre. Je dirai même : tout cela dépassait en fait les engagements qui avaient été pris envers moi.

Alors ?

Alors, allez-vous demander, pourquoi me tourmentais-je ? Je n'osais même pas me formuler distinctement que tout aurait été changé si le blond Edward avait daigné abaisser son regard sur ma personne, me sourire et m'adresser un mot vraiment aimable et non pas seulement poli par nécessité. Je savais qu'alors mon beau-père aurait pu être parfaitement odieux et mon beau-frère complètement indifférent. On aurait pu me dénier tout droit à être la maîtresse de la maison, j'aurais pu ne plus rencontrer aucune de mes nouvelles amies et ne plus mettre le nez hors du domaine.

Tout cela, alors, m'aurait été parfaitement égal, et le fait que toutes ces choses eussent été contraires aux stipulations et aux engagements pris m'aurait laissée totalement insensible.

Dépit ? Simple contrariété féminine de se voir ignorée ? Ou bien cette complexité de sentiments provenait-elle d'une raison beaucoup plus profonde et cachée... une raison que je ne voulais pas m'avouer à moi-même ?

La famille Duncan ne m'avait pas reparlé de l'incident de l'avoué ; elle n'y avait jamais fait la moindre allusion devant moi ! D'un autre côté, en dehors du désintéressement réel que j'éprouvais, pour des raisons que personne ne soupçonnait, je n'aurais certainement pas osé questionner sir Archibald à ce propos. J'avais adopté la seule attitude convenable : celle de feindre de me contenter des vagues explications que mon beau-père m'avait fournies après le départ du solicitor.

Il fallait admettre cependant que tout cela n'était pas naturel. Ni la démarche elle-même de l'homme de loi, ni l'attitude des Duncan après coup. Car on a beau savoir que les Anglais sont gens renfermés et avares de paroles, qu'ils ont une horreur maladive de parler de leurs affaires intimes et privées, une telle attitude et une telle conjuration du silence, dans une histoire et dans des circonstances pareilles, s'avéraient pour le moins étonnantes.

Quant au personnel, ce n'était ni mon rôle de provoquer des confidences ni le sien de m'en faire.

Mais, je le répète, cette ignorance qui, en d'autre temps, eût excité ma curiosité naturelle, cette ignorance ne me gênait nullement, ou, en tout cas, ne me gênait que dans la mesure où son éclaircissement m'eût aidée à expliquer l'attitude de mon mari envers moi.

Y avait-il un rapport quelconque entre l'attitude d'Edward et l'intervention de l'avoué ? Je ne l'ai jamais supposé.

CHAPITRE XIV

Extrait du journal de Christiane

20 octobre.

Nous revenions d'une longue promenade à Badcall Bay, où nous avions été pêcher la truite de mer. Il faisait un temps à ne pas mettre un chien dehors. J'avais hâte d'être rentrée, malgré le triple imperméable, doublé de laine, qui me couvrait les épaules.

Nos *shetlands* me faisaient pitié. Sir Archibald et Michaël étaient en avant et la monture de mon mari se trouvait à ma hauteur.

— Fatiguée ? me lança-t-il par-dessus son épaule.

C'était un événement !

Il ne s'inquiète jamais de ce que je puis ressentir et ses interventions à mon adresse sont toujours marquées au coin de la plus plate banalité, quoique, je le reconnais, de la plus irréprochable courtoisie.

Je fis un effort surhumain pour lui adresser mon plus gracieux sourire, un sourire qui, sous l'avalanche liquide qui nous submergeait, devait avoir plutôt l'air d'une grimace.

— Non, pas vraiment, pas trop.

Mes traits tirés devaient démentir mon affirmation. Le plus obtus des adjudants l'eût remarqué immédiatement et se serait empressé de s'en inquiéter. Sir Edward ne semblait nullement s'en apercevoir. Cependant, comme les occasions de lui faire ouvrir la bouche ne sont point nombreuses, je me précipitai sur celle-ci et m'empressai d'ajouter, avec un à-propos remarquable :

— Il fait vraiment un temps épouvantable.

Sir Edward me lança un coup d'œil surpris, comme si j'avais émis une véritable incongruité.

Il déclara :

— Vous croyez ? C'est excellent pour la santé... Surtout pour le bétail.

Et, après cette affirmation magistrale, il ne desserra plus les dents jusqu'à Uam-Var.

Evidemment, un pareil entretien avec moi devait l'avoir mis à plat.

16 novembre.

Dans une maison amie des *Sutherlands,* à la veillée, je reçois les compliments des trois jeunes fils de la maison.

Je viens d'apprendre à leurs sœurs à confectionner la mousse au chocolat. Elles sont ravies et leurs frères me félicitent.

Je me permets ce genre d'extravagances quand nous sommes chez les autres ; rarement quand je suis chez moi.

Je sais par expérience que sir Archibald, tout aussi bien que la *bonne dame,* souffre le martyre lorsqu'on se permet de confectionner, sans raison valable, un plat *extra,* en donnant ainsi une entorse aux sacro-saints principes de stricte économie qui président à la savante ordonnance des règles et des repas d'Uam-Var.

Je suis très flattée par les compliments dont m'accablent à ce sujet les trois jeunes gens de la maison. Je dirai même que les éloges que l'un d'eux m'adresse prennent une tournure aussi galante qu'insolite.

Sir Edward me fait face et, contrairement à ses habitudes, me regarde fixement pendant que le jeune homme continue à débiter ses fadaises.

Je me sens rougir bêtement.

— Cette mousse était effectivement excellente, Christie, déclare enfin mon mari, sarcastique. Mais si l'on se nourrissait très souvent de semblables friandises, la fortune des Duncan n'y tiendrait pas... Il est naturellement plus agréable de complimenter une hôtesse de passage que d'avoir à juger une maîtresse de maison !...

Après quoi, il se dirige délibérément vers le fumoir, sans plus s'occuper de moi et sans que je puisse démêler si ses paroles sont une critique adressée à la maîtresse de maison que je me borne à être pour lui, ou une tentative de remettre les choses au point par rapport aux galanteries que le jeune homme de la maison était en train de débiter.

26 décembre.

Je suis très stricte...

Noël vient de passer... Un Noël loin des miens, où le Christmas pudding, le sapin décoré, les *pies* et les *muffins* n'ont pas pu me consoler d'être loin des miens et de la chaude atmosphère familiale.

Sir Archibald s'est fendu d'un touchant cadeau à mon intention : une paire de bottes pour monter à cheval, dans lesquelles je me sens comme dans des pantoufles.

Mais ce cadeau ne me console pas de l'absence de

mes frères. Aucun n'a pu quitter Paris, où toute la famille est rentrée, pour venir passer les vacances de Noël, ici, avec moi.

Ma mère venait d'avoir une légère rechute et personne n'a voulu l'abandonner. Dans un sens, je préfère qu'il en soit ainsi. Si l'un des membres de ma famille m'avait rejointe, j'aurais dû me résoudre à faire part enfin à ma mère de mon invraisemblable mariage et je ne peux pas m'y résoudre ! Plus je tergiverse, d'ailleurs, plus l'aveu devient difficile. Plus l'aveu devient difficile, plus j'ai de bonnes raisons de tergiverser... Je tourne dans un cercle vicieux...

La neige recouvre les *Sutherlands* jusqu'aux extrêmes limites de l'horizon. Du vestibule, je regarde à travers les vitres le donjon d'Uam-Var, noir sur le fond immaculé. Il m'apparaît comme une menace permanente, au milieu de tant de blancheur.

Soudain, je sens une présence derrière moi. Je me retourne et j'aperçois sir Edward, à l'autre bout de la pièce, les yeux fixés sur moi.

Je m'examine instinctivement. Lorsqu'il me scrute ainsi, sans rien dire, cela lui arrive souvent à présent, j'ai toujours l'impression d'avoir quelque tache, quelque accroc, ou je ne sais quoi d'insolite...

Mais non : rien ne cloche !

— Vous avez passé un bon Noël, Christie ?

Que mon mari puisse avoir énoncé une telle interrogation, cela tient du prodige !

Non seulement il ne parle jamais, ne prononçant que les quelques mots strictement indispensables à témoigner qu'il n'est pas sourd-muet, mais, lorsqu'il parle, il se garde bien de témoigner un intérêt quelconque à ma modeste personne.

Il faut vraiment que les circonstances soient exceptionnelles pour qu'il ait l'air de s'inquiéter d'une chose pareille.

Il ne faut pas décourager tant de bonne volonté : je réponds précipitamment, avec mon sourire le plus angélique et en parvenant à ne pas rougir pendant que je débite mon mensonge manifeste :

— Oh ! oui ! Un Noël excellent !

— Tant mieux, Christie, j'en suis heureux...

Là-dessus, sans aller plus avant dans une si brillante conversation et un si agréable échange d'idées, mon mari quitte la pièce presque précipitamment comme s'il avait honte de s'être livré d'une façon anormale.

3 mars.

Une nuit de fête se prépare, ce soir, à Uam-Var à l'occasion d'une antique coutume qui remonte, paraît-il, au XVe siècle. On commémore la réconciliation effectuée, il y a plus de cinq cents ans, entre le clan des Mac Guire et le clan des Duncan, qui s'entr'égorgeaient à ce moment-là, depuis bientôt six ans, sans interruption. Réconciliation marquée par le mariage de la cadette des Mac Guire avec l'aîné des Duncan.

Depuis lors, tous les ans, on fête à Uam-Var le pacte de réconciliation. Les Mac Guire ont complètement disparu de la surface du globe, mais la coutume demeure.

Tous les hommes du domaine ont revêtu le *kilt* traditionnel, le *plaid* et le chapeau de fourrure. Ils portent en bandoulière le *bag-pipe,* la cornemuse tant de fois employée, et, au beau milieu de la cour du château, autour d'un feu de joie fait de branchages imprégnés de résine, ils dansent la *gigue,* la danse nationale écossaise.

Tous les fermiers et les fermières des alentours sont là. Il ne fait pas chaud, mais la pluie nous laisse un répit qui vient bien à propos. D'ailleurs, ferait-il deux fois plus froid que personne ne s'en apercevrait : les jarres de *stout* et les pintes de *scotch,* circulant à la ronde, donnent, à la fois, un démenti inhabituel à l'avarice des Duncan et des couleurs de rosbif saignant à tous ces visages.

Emmitouflée dans mon manteau, je regarde la scène, appuyée à la balustrade du perron. En face de moi, à quelques pas, sir Edward, qui vient de terminer une gigue endiablée, se penche vers une des fermières, fraîche et charmante jeune femme, et l'embrasse ; puis il trinque avec elle, le visage animé et les épaules secouées d'un rire inattendu.

Je ne l'ai jamais vu ainsi. C'est la première fois qu'il manifeste une telle jovialité. Lui, toujours si réservé, si lointain, si compassé, si froid ! C'est une véritable révélation. Cela prouve que ce garçon sait être gai, qu'il sait être humain, qu'il sait se montrer empressé... je dirai même presque entreprenant ! A ce point de mes réflexions, je sens comme une sorte de pincement au cœur.

C'est grotesque !

Sir Edward, tout mari qu'il soit, ne m'est absolument rien et n'a jamais manifesté, même de loin, le désir d'être pour moi quelque chose.

Je n'ai donc pas à me laisser influencer par ses attitudes inhabituelles et, pourtant, j'essaye de saisir ce qu'il dit à sa partenaire. Mais je ne comprends pas ce qu'il raconte à cette fermière séduisante, car il parle en gaélique. Cela doit être assez drôle, puisqu'elle rit à gorge déployée.

Tout à coup, comme s'il sentait mon regard posé sur lui, il lève la tête et m'aperçoit.

Je m'efforce de lui adresser un sourire de circonstance. Je ne voudrais pas qu'il s'imaginât un seul instant que je le surveille ou que je l'espionne. A ma vue, il semble devenu très pâle et son rire s'étrangle d'un seul coup.

Il lâche le verre qu'il tenait à la main, me regarde fixement pendant quelques secondes avec une expression étrange, puis, subitement, disparaît dans la nuit...

Je ne l'ai revu que quarante-huit heures plus tard.

20 mars.

J'ai obtenu qu'on installât dans le petit salon du premier étage le piano qu'on semblait avoir mis en pénitence dans le grand salon. On n'en pouvait jouer que dans les grandes occasions. J'ai réussi à faire venir un accordeur d'Alnaharra et maintenant, chaque soir, lorsque les soins de la maison ne m'absorbent pas trop, je fais une heure de musique pour moi.

En général, les Duncan n'y assistent pas. Il ne semble point qu'ils soient particulièrement sensibles à la musique en général et au piano en particulier. Il est évident que le piano n'a rien de commun avec le *bag-pipe*. Ou, peut-être, tout simplement, estiment-ils que je suis une trop piètre exécutante pour s'intéresser à mes efforts.

Toujours est-il qu'ils se rendent directement au fumoir ou dans la salle de billard et que, s'ils daignent passer par le petit salon, ils n'y stationnent généralement que quelques minutes.

Ce soir, comme d'habitude, je suis seule. Mes mains vagabondent machinalement sur le clavier. J'ai du vague à l'âme et je n'ai pas le courage de déchiffrer du Mendelssohn ou de rejouer du Gabriel Fauré.

Ce sont les vieilles chansons de France qui viennent automatiquement, l'une après l'autre, sous mes doigts : *Il était une bergère, Meunier, tu dors, Sur le pont d'Avignon, Plaisir d'Amour, Femmes, que vous êtes jolies !* défilent tour à tour sur le clavier.

Je suis en train de plaquer les derniers accords de *Nous n'irons plus au bois,* tout occupée par les visions intérieures que ces airs familiers évoquent en moi.

Bien que sachant me trouver seule dans la pièce, je me retourne machinalement. Or, sir Edward est là, dans l'encadrement de la porte.

Je demeure saisie, car je ne l'ai pas entendu venir et j'ignore depuis combien de temps il m'observe. Toujours est-il qu'il pâlit, rougit tour à tour et murmure, comme un enfant pris en faute :

— Excusez-moi... je... j'ai égaré ma blague à tabac... et je me demande si je ne l'ai pas laissée ici...

— Mais je vous en prie, faites... Je ne l'ai pas remarquée tout à l'heure, mais ce n'est pas une raison pour qu'elle ne se trouve pas ici, quelque part, dans un coin.

Je lui lance un sourire compréhensif.

Il jette un rapide coup d'œil sur la table et sur le bahut. Son inspection est tout à fait superficielle, comme s'il était persuadé, par avance, que la blague n'y est pas.

— Effectivement... je ne la vois pas, dit-il enfin. J'ai dû la laisser ailleurs...

Il y a peu de chances, je le reconnais, pour qu'il l'ait laissée ici, puisqu'il n'a pas dû y mettre les pieds depuis deux jours.

— Excusez-moi, Christie... Je vais voir dans les autres pièces.

Et il disparaît en courant, comme si je ne sais quel insecte l'avait soudainement piqué.

Mais quel besoin ai-je de noter tous ces petits riens qui semblent à peine dignes d'être rapportés ?...

CHAPITRE XV

Sir Archibald et ses deux fils étaient partis pour Ullapool. Ce jour-là, je ne les accompagnais pas. Cela était déjà arrivé plusieurs fois : chaque fois que leur voyage était motivé par une affaire d'argent ou de famille.

Il faisait très mauvais temps, bien que nous fussions déjà à une époque qu'en France on appelle le printemps. Le voyage à Ullapool ne présentait nullement les attraits d'une partie de plaisir. Il s'agissait plutôt d'un déplacement d'affaires.

Un bateau, dont les Duncan étaient armateurs, venait d'arriver à Ullapool. Il avait subi des avaries et ses propriétaires devaient régler de très près cette question maritime. Le rapport qu'ils avaient reçu de son capitaine rendait un son plutôt pessimiste et des difficultés avaient surgi avec la compagnie d'assurances.

La route était longue pour se rendre à Ullapool. Elle faisait de nombreux détours. C'était là un voyage fatigant. Malgré mon désir de voir le port, que je ne connaissais pas, j'étais donc restée seule à Uam-Var, me promettant de saisir une occasion plus favorable pour visiter cette ville dont la découverte, pourtant, me tentait.

Les premiers jours de ma solitude se passèrent fort

bien. Il y avait longtemps que j'avais mis un frein à mes ambitions et que j'avais décidé, tant en ce qui concernait mon existence personnelle que mes satisfactions intimes, de me contenter des joies modestes que la vie voulait bien m'octroyer.

Depuis un bon moment, j'avais renvoyé l'image un peu puérile du Prince Charmant dans le grenier aux oubliettes.

Si mon attention était malgré moi, à chaque instant, reportée sur la personne et les faits et gestes de sir Edward, ceci se passait strictement et exclusivement en moi-même. Personne n'aurait pu en déceler les symptômes.

J'avais entrepris de broder une grande nappe de fil pour ma chère maman. Entre deux séances de broderie, je lisais, je faisais de la musique, je soignais mes fleurs... ces fleurs qui étaient maintenant ma consolation et mon orgueil !

Ma solitude, si elle était souvent nostalgique comme toutes les solitudes, n'avait rien de pénible.

A l'aube du troisième jour, pendant que j'achevais mon *breakfast* matinal dans la salle à manger, avant de m'en aller, comme chaque matin, surveiller la mise en place du linge et voir ce qui se passait à la cuisine, Catherine Bertram pénétra dans la pièce.

Je vis à son expression que la pauvre fille se trouvait sous l'empire d'une forte émotion.

— Qu'y a-t-il, Catherine ?

— Milady, répondit-elle avec une sorte d'effarement, il y a là, dans le vestibule, une dame, avec un enfant, qui demande à vous voir personnellement.

Je la regardai, surprise. Je ne connaissais absolument personne, en dehors des hôtes et des amis d'Uam-Var, sur toute l'étendue de la haute Ecosse.

— Etes-vous bien sûre que ce soit spécialement à

moi qu'elle désire s'adresser ? questionnai-je prudemment.

— Elle a bien demandé lady Duncan. Elle a même insisté pour être reçue par Milady, mais elle a refusé de me donner son nom.

— Je ne la connais probablement pas.

— Elle a dit qu'elle venait pour une chose personnelle... une chose concernant seulement Milady.

Dans un éclair, je pensai aux membres de ma famille demeurés en France. Puis je me rassurai. S'il se fût agi de l'un d'eux, la femme eût mis obligatoirement son nom en avant...

Alors, je ne sais pas pourquoi, ni par quelle association d'idées, à ce moment précis je pensai soudainement à l'intrusion de l'avoué et de ses deux clercs, ce matin désormais lointain, peu après mon arrivée au château.

— Je vais voir moi-même...

Quittant la salle à manger, je me dirigeai vers le vestibule, où Catherine avait fait entrer la visiteuse.

Je me trouvai en présence d'une femme d'une quarantaine d'années, correctement vêtue, mais manifestement assez fruste. Elle était accompagnée d'un petit garçon blond, aux yeux noirs, pétillants, qui pouvait avoir trois ou quatre ans.

Je saluai rapidement cette femme, en enchaînant :

— Vous désirez me parler, madame ?... C'est à quel sujet ?

Mon intonation était correcte, mais elle ne contenait pas plus de douceur qu'il n'en fallait.

Je me sentais contrariée de recevoir une telle visite en l'absence de la famille Duncan et je craignais de commettre quelque impair.

— Je vous amène le petit Christian, fit l'inconnue, comme s'il était tout naturel que je susse de quoi il s'agissait. La vieille Gertrude est morte et sa famille ne sait que faire de votre enfant.

A ma grande surprise, elle s'était exprimée en un très mauvais français, mais en français tout de même.

— Qui est Christian? ne pus-je m'empêcher de demander, sans réfléchir.

J'étais un peu abasourdie par cette attaque soudaine, car je n'avais jamais entendu parler d'aucun Christian.

— Eh bien! ce petit homme! me dit-elle en indiquant le petit garçon à son côté.

Celui-ci me regardait d'un œil rond, tout en jouant avec son bonnet d'un air absent, comme s'il ne se fût point agi de sa personne. Son visage fin et racé était adorable.

Je me rendis compte que mon interlocutrice trouvait tout cela tellement normal que je risquais, en persistant à témoigner autant de surprise et d'incompréhension, de compromettre je ne savais quelles dispositions prises à mon insu.

Mais, comme si elle devinait mes incertitudes, ou qu'elle tînt d'une façon ou d'une autre à mettre les points sur les *i*, la femme continua :

— Il vient de France, votre bébé, vous le savez bien! Comme j'étais là-bas de passage, on m'a chargée de vous le ramener. Puisque la vieille Gertrude est morte, n'est-ce pas à son père et à sa mère de veiller sur lui maintenant?

Cette dernière phrase, accompagnée d'un léger sourire, avait été émise avec un tel naturel et une conviction si évidente que j'en restai muette.

Elle avait parlé de la même façon qu'elle aurait pu affirmer : « Vous voyez, madame, il pleut ce matin. »

J'acquiesçai machinalement, en secouant la tête,

absolument comme si j'avais voulu répondre : « Cela va de soi. »

Cependant, je n'y comprenais rien.

La femme ne me laissa pas le loisir de réfléchir. En désignant une petite valise posée sur un bahut ancien, elle enchaîna :

— Ses affaires sont là-dedans. Voilà l'enfant... Madame peut constater qu'il est en bonne santé.

Elle tendit la main vers le petit qui continuait à me contempler comme si j'étais un merveilleux jouet ou un gâteau pyramidal.

— Ma mission est terminée, acheva-t-elle avec un sourire de satisfaction. Je vous le laisse.

Puis, sans transition et sans que j'eusse une chance de protester, elle déclara :

— Je repars avec la voiture qui m'a amenée, car je n'ai pas du tout l'intention de demeurer à l'ombre de Kilcrew. Il faut que je reprenne mon train à Lairg, mais Madame serait bien aimable de me donner décharge de l'enfant, ainsi que de ses vêtements.

Son geste autoritaire désignait la valise une seconde fois.

— Si Madame veut bien s'assurer que tout y est, poursuivit-elle sans broncher, je partirai aussitôt après... Je demande seulement à Madame que me soient remboursés les frais du voyage du petit et mes divers frais de route.

Tout cela semblait réglé comme s'il se fût agi de la chose la plus normale du monde.

Un fermier serait venu me rendre compte de son exploitation et me décompter le montant de ses fermages, qu'il ne s'y serait pas pris autrement.

Quant à moi, je nageais complètement dans le noir et je n'arrivais pas à saisir pleinement de quoi il retournait.

Cette femme paraissait une force de la nature. Je me bornai à lui demander, complètement ahurie :

— Et... combien cela fait-il ?

— Quarante-deux livres quinze shillings, déclara-t-elle tout à trac, sans l'ombre d'une hésitation.

Elle exhiba une note qu'elle avait préparée et me tendit une grosse enveloppe fermée.

Le chiffre me parut énorme et je ne jetai qu'un coup d'œil rapide sur sa note. Mais ce n'était pas cette question qui demeurait le centre de mes préoccupations. Je ne voulais pas passer pour une sotte, je voulais donner l'impression, en tant que *maîtresse de maison,* d'être au courant ; je ne pus cependant m'empêcher de demander à la femme, en la regardant bien droit dans les yeux :

— Mais êtes-vous sûre que cet enfant fasse bien partie de la famille Duncan ?

Cette fois, mon interlocutrice éclata d'un rire qu'elle s'imagina communicatif.

— Non, mais alors !... Milady veut plaisanter !... A qui serait-il ?... N'est-ce pas sir Archibald Duncan, son grand-père, qui a payé jusqu'ici ses mois de nourrice ?

Etant donné la ladrerie bien connue du chef de famille, c'était là, à n'en point douter, un argument sans réplique. Devant une telle précision, il n'y avait vraiment qu'à s'incliner.

Catherine était restée, pendant toute cette scène, plantée à côté de la porte, sans comprendre ce qui se passait. Au surplus, elle n'avait du français qu'un vernis plus qu'approximatif.

A ce point de notre entretien, je l'envoyai quérir la *bonne dame.* Je ne comptais nullement demander à celle-ci des conseils ou des éclaircissements. Sir Archibald m'avait toujours recommandé de ne jamais mêler le personnel aux sujets familiaux. Mais j'avais besoin d'elle pour me procurer l'argent, car je n'avais pas quarante livres à ma disposition pour faire honneur à ce qui, selon toute apparence, semblait être une obligation de la famille.

Mrs Bertram s'exécuta séance tenante, sans solliciter aucun éclaircissement. Elle avait l'habitude de la discrétion la plus totale et détenait en permanence d'assez grosses sommes sur elle. Le côté financier de l'ordonnance intérieure de la maison passait entièrement par ses mains depuis des temps immémoriaux et elle se montrait fort jalouse de ses prérogatives.

— Vous ne voulez vraiment pas que l'on vous serve un petit déjeuner, ou au moins quelque chose de chaud ? offris-je à la visiteuse, qui s'apprêtait à s'en aller.

— Non, merci ! Réellement pas... Je n'ai envie de rien et je ne puis rien accepter, car j'ai trop peur de manquer le train du soir. Vous savez, les routes sont encore à moitié défoncées.

Je n'insistai pas. Elle semblait vraiment avoir le feu aux trousses et ne rien avoir de plus pressé que de s'éloigner d'Uam-Var. Voilà, sans doute, l'effet que notre charmant donjon faisait aux visiteurs non prévenus.

Je me rappelai, avec un sourire intérieur, les sueurs froides que j'avais ressenties, en arrivant, à l'aspect des pierres noires de notre château.

Sur le point de partir, la visiteuse se retourna cependant vers le petit bonhomme qu'elle avait accompagné. Affectueusement, elle lui dit :

— Au revoir, Cricri. Porte-toi bien.

Puis elle disparut par la porte d'entrée.

Nous demeurâmes quelques secondes sans rien dire, toutes les trois, la *bonne dame,* sa fille Catherine et moi, regardant ce petit bout d'homme qui était resté là sans broncher.

Il continuait à me contempler de son œil rond et ne semblait pas se soucier le moins du monde du départ de la femme qui l'avait amené.

Il paraissait au contraire, lui aussi, trouver son départ absolument normal. Il avait l'air confortablement et chaudement habillé, mais il avait, dans son accoutrement, l'aspect d'un petit paysan, plutôt que celui d'un membre aristocratique de la famille Duncan, dont on pouvait retracer l'arbre généalogique jusqu'aux guerres des Pits et des Scots.

Je réalisai soudain combien la présence de cet enfant tenait de l'invraisemblance.

Tout s'était passé avec une telle rapidité que je n'avais pas eu le temps de réfléchir. On m'avait, en quelque sorte, forcé la main sans que je m'en rendisse compte. Cela tenait de la prestidigitation.

Et, tout à coup, la crainte m'envahissait de m'être peut-être laissé duper.

Qui était cet enfant ? Qui me prouvait, au fond, qu'il appartenait effectivement à la famille Duncan ? Aucun des frères n'était marié, ou, plutôt, celui qui l'était, l'était si peu !... Et je n'avais jamais entendu dire que sir Archibald eût une fille qui aurait pu être la mère de ce petit garçon. La visiteuse avait bien dit que sir Archibald était le grand-père.

Cette histoire n'avait ni queue ni tête !

L'enveloppe qu'on venait de me remettre était bien adressée à une lady Duncan, mais il était manifeste qu'il ne s'agissait pas de moi. D'un autre côté, j'avais absolument négligé de prendre l'adresse de la visiteuse et de vérifier son état civil.

Je commençais à me demander si je n'étais pas victime d'une mystification. Le malheur avait voulu que cette affaire survînt alors que sir Archibald et ses deux fils étaient absents. Eux seuls eussent pu démêler un écheveau aussi inextricable.

Et pendant que je réfléchissais, le petit... le tout petit homme continuait à me regarder comme si j'étais la huitième merveille du monde.

Il avait de beaux yeux, grands comme deux petits phares... comme deux escarboucles!...

Il était si touchant, si sérieux, avec son petit bonnet de paysan qu'il pétrissait entre ses doigts malhabiles...

Tout à coup, quelles que fussent les considérations et les raisons qui l'avaient amené jusque-là, il n'y eut plus pour moi que ces yeux et ce petit bonnet. Je sus instantanément que, si je m'étais peut-être laissé abuser... que, si j'avais accepté d'emblée et sans preuves toute cette histoire... que, si j'avais fait montre d'une étrange faiblesse en tout cela, c'était uniquement à cause de l'expression de ces yeux et à cause de ce petit bonnet.

— Que faut-il faire de cet enfant ?

C'était la *bonne dame* qui me posait cette question, en sollicitant des instructions.

Je retombai sur terre.

J'ai bien dit que je ne comptais pas demander des renseignements au personnel au sujet de cet enfant que j'avais recueilli, mais j'étais bien décidée à marquer le coup vis-à-vis de la *bonne dame* et à lui faire bien comprendre qu'il était, pour moi aussi, un problème à résoudre. A vouloir trop prouver, on ne prouve rien et je ne voulais pas qu'elle s'imaginât que le petit représentait réellement quelque chose me touchant personnellement.

— Je pense, dis-je, que sir Archibald saura nous expliquer quel est cet enfant, puisque vous avez l'air, *bonne dame,* de l'ignorer

C'était une façon comme une autre, pour moi, de retirer mon épingle du jeu et d'envoyer en même temps un coup de sonde. Mais c'était peut-être trop adroit. Mon stratagème échoua.

Mrs Bertram se mit à rire.

— Il y a longtemps qu'il n'y a pas eu de bébé à Uam-Var, se borna-t-elle à déclarer. Et puis, ajouta-t-elle avec un air sincère, en recouvrant sa roublardise paysanne d'une couche d'apparente naïveté, et puis la femme a dit que cet enfant venait de France.

Comment fallait-il interpréter cette déclaration marquée au coin du simple bon sens et cependant si ambiguë ?

Mais je n'eus point le loisir de m'attarder a soupeser les intentions cachées de la *bonne dame.* A ce moment, une petite voix enfantine, mais claire, se fit entendre.

C'était la première fois que le petit ouvrait la bouche depuis son arrivée.

— Moi, je veux retourner avec ma maman... Moi, je veux retourner chez nous...

Il avait une petite voix douce, câline : la voix d'un oiselet tombé du nid. Il y avait tant de détresse, tant de désarroi dans son expression, que je sus, à partir de ce moment précis, que je ferais désormais à peu près tout ce que cette petite voix me dirait de faire et que je resterais désarmée devant elle.

D'ailleurs, cette voix française me bouleversait. Il y avait des mois que je n'avais entendu parler ma langue natale, en dehors des rares tentatives un peu primaires faites par quelques membres du personnel et qui restaient la plupart du temps sporadiques.

Instinctivement, poussée par une force que je ne pensais pas à analyser, mais qui me remplissait la poitrine d'un souffle puissant et irrésistible, je me baissai vers l'enfant et l'attirai contre moi.

— Où est-elle, ta maman, mon chéri ?

— Elle est là-bas.

— Où ça, là-bas ?

— A Bourbourg. Elle dort, mais Cricri veut aller vers elle.

— Cricri, c'est ton nom, mon trésor ?

— Oui, c'est mon nom.

J'avais retrouvé instinctivement les accents de mon enfance, le ton que ma mère avait employé avec moi. Cette vague de tendresse, de maternité latente, qui se cache dans toute femme digne de ce nom. Peut-être, aussi, me laissais-je emporter par le côté sentimental de ma nature.

Je regardai une fois de plus l'enveloppe libellée au nom de *Lady Duncan,* que la femme m'avait remise tout à l'heure.

Je me perdais en conjectures pour deviner de quelle lady Duncan il pouvait s'agir. Peut-être de ce Duncan Hummer, au nom duquel l'avoué était venu, il y avait déjà de si longs mois ?

En tout cas, j'étais bien décidée à ne pas ouvrir cette enveloppe. Malgré ma curiosité dévorante, je décidai de la conserver intacte, précieusement, et d'attendre le retour de sir Archibald pour débrouiller cette affaire.

Jusqu'à sa venue et étant donné la façon dont, de toute évidence, je m'étais laissé manœuvrer tout à l'heure, que pouvais-je faire d'autre, sinon accueillir le pauvre enfant et m'employer à lui faire oublier l'absence de celle qu'il réclamait si tendrement ?

Dans la maison, malgré la saison avancée, les feux étaient encore allumés. L'hiver s'attardait en cette contrée désolée. Devant le poêle de la cuisine où je l'avais entraîné, suivie de la *bonne dame,* j'enlevai à l'enfant son manteau humide de pluie, l'espèce de bonnet de laine qu'il continuait de triturer entre ses doigts et ses guêtres, tricotées à la main, qui étaient remplies de boue.

— Où allons-nous l'installer? reprit la *bonne dame,* qui avait décidément de la suite dans les idées.

— Ma foi, si vous avez un petit lit, vous pourriez le prendre avec vous, suggérai-je.

Pourquoi avais-je eu cette idée? Je n'en sais rien. Je pensai que ce n'était pas protocolaire de mettre un Duncan, puisque Duncan il y avait, chez le personnel ; mais, peut-être inconsciemment, voulais-je ainsi rattraper la précipitation avec laquelle j'avais accepté de le recueillir et atténuer, en quelque sorte, ma responsabilité.

Cependant, Mrs Bertram, avec une acuité et un à-propos qui faisaient honneur à sa présence d'esprit, me répondit :

— Mais je ne connais pas assez le français pour pouvoir le comprendre. Ne serait-il pas mieux que Milady l'installe dans sa salle de bains? Au besoin, s'empressa-t-elle d'ajouter comme pour prévenir toute objection de ma part, on pourrait poser un divan sur lequel ma fille coucherait, afin que Votre Grâce n'ait pas à s'en occuper seule... Ainsi Milady n'aurait pas la peine de se lever la nuit, si c'est nécessaire, par exemple.

Je regardai la *bonne dame,* un peu interloquée.

Je me demandais, tout à coup, où elle voulait en venir et si sa proposition ne recélait pas, par hasard, un piège ou un sous-entendu.

Mais non : son visage paraissait refléter l'innocence de l'agneau pascal. Décidément, je me forgeais des idées. Cependant, sa proposition me semblait tout à coup extraordinaire.

Evidemment, l'enfant ne parlait que le français. Evidemment, il était de mon pays. Evidemment, et jusqu'à preuve du contraire, il était un Duncan. Mais était-il vraiment normal que ce fût à moi de m'occuper de lui ? Je ne tranchai point cette question sur-le-champ et me réservai de prendre une décision plus tard.

— Comme Votre Grâce voudra, répondit la *bonne dame,* sans paraître nullement saisie.

En attendant, je pris l'enfant par la main et l'entraînai dans le petit salon du rez-de-chaussée. Mrs Bertram se retira.

— Viens, Christian, dis-je à l'enfant en souriant. Tu vas faire la connaissance de Mirza.

— Mirza ?

— Oui, un joli petit chien qui se grille le bout du museau devant la cheminée.

Mirza est ma propriété personnelle. C'est le dernier rejeton d'une haute lignée de *setters,* que je me suis fait attribuer par sir Archibald lui-même.

L'enfant prit docilement ma main et me suivit, en souriant à son tour. Son sourire contenait toutes les joies du paradis et toutes les croyances de la terre.

— Est-ce que tu vas me conduire à maman Gertrude ? demanda-t-il, avec une confiance et un abandon touchants. Il y a longtemps que je ne l'ai pas vue, tu sais...

— Tu la verras la semaine prochaine, mon mignon.

— Ah ! elle sera réveillée ?

Je tressaillis et regardai l'enfant. Il souriait à la douce vision d'une maman Gertrude sortant de son long sommeil léthargique.

Un peu grave, soudain, je demandai :

— Tu l'aimais beaucoup, ta maman Gertrude ?

— Oh ! oui, fit-il, le visage illuminé. Elle me prenait dans ses bras et m'embrassait... C'était bon ! Et puis, une fois, elle s'est mise à dormir et les hommes l'ont emportée... des hommes noirs... On m'a dit qu'elle reviendrait.

Ses naïves confidences me serraient le cœur.

— Oui, mon petit, affirmai-je, pitoyable, elle reviendra... Tu la reverras...

— Ah ! j'en aurai des choses à lui raconter !

— Tant que cela ?

— Oui, je lui dirai que j'ai beaucoup voyagé. Elle sera surprise. On m'a fait prendre des trains, des bateaux, des voitures... On n'arrivait jamais. Maman Gertrude n'a pas vu tout ça, tu sais... Je lui raconterai... Dis, madame, est-ce que tu vas me conduire à maman Gertrude ?

Après s'être tu si longtemps, tout à coup, à la fois avec la versatilité et la prescience de l'enfance, pris d'une soudaine tendresse et d'une confiance sans limites pour moi, il parlait, il parlait d'abondance.

La femme qui l'avait amené ne m'avait-elle pas dit que maman Gertrude était morte ? Le pauvre Cricri n'avait évidemment aucune idée de ce que cela signifiait. C'était donc en quelque sorte un orphelin qu'on m'avait remis entre les mains.

Sans savoir encore par quel côté il touchait à la famille Duncan, je me sentais tout attendrie de pitié pour lui.

Bien qu'il ne fût pas encore midi, je demandai le *breakfast* à Catherine, qui m'avait suivie dans le petit salon.

C'était vraiment une heure anormale, mais je pensais qu'après avoir voyagé si longtemps, l'enfant devait tomber de fatigue et mourir de faim.

— Je mangerai avec lui au coin du feu, déclarai-je à Catherine ; nous le coucherons ensuite.

A ce moment, une idée me vint, qui me parut résoudre à la fois mes hésitations, les convenances et le désir que j'avais d'entourer le petit de toute la tendresse voulue.

— Catherine, à la réflexion, nous allons le mettre dans votre chambre. Si jamais il pleure la nuit, vous viendrez me chercher. Il est inutile de chambarder tout dans ma salle de bains pour vous y installer avec lui, ajoutai-je en guise d'excuse.

— Ce sera comme Votre Grâce décidera, répondit la jeune fille, avec une expression aussi détachée et aussi impersonnelle que sa mère, quelques instants auparavant. Il a vraiment une frimousse amusante, finit-elle par conclure, en s'humanisant et en adressant un sourire épanoui à l'enfant pendant qu'elle se dirigeait vers la porte.

Mais Cricri ne faisait pas attention à elle... Pas plus qu'à moi, d'ailleurs ! Il était en ce moment occupé uniquement par les faits et gestes de Mirza.

L'enfant ne devait pas avoir beaucoup plus de trois ans. Sa petite voix claire, amusante à entendre, contenait toute la jeunesse du monde. Ses grands yeux, jusque-là apeurés, et qui avaient examiné sans cesse, depuis son entrée, la maison inconnue avec un mélange de crainte et d'émerveillement, se posaient maintenant avec une confiance fraternelle sur le chien.

Il avait tout de suite trouvé en celui-ci un compagnon de jeux. Visiblement, Mirza était l'être vivant qui l'intéressait le plus dans cette demeure étrangère, nous laissant tous en arrière.

La bonne bête avait accueilli Cricri d'un coup de langue. Maintenant, elle acceptait d'emblée et sans émettre la moindre protestation qu'il se mît à quatre pattes près d'elle, ou à califourchon sur son dos, qu'il lui tirât la queue et les oreilles et même que, sans façon, il couvrît de baisers la truffe noire de son nez.

Lorsque, une vingtaine de minutes plus tard,

Catherine revint en portant le plateau supportant nos *breakfasts* fumants, le petit garçon, la tête appuyée sur le dos de Mirza immobile, goûtait un repos bien gagné en dormant du sommeil des anges.

CHAPITRE XVI

Lorsque, quelques jours après, sir Archibald et ses fils arrivèrent, il me trouvèrent transformée en nurse.

Lorsqu'ils pénétrèrent dans la maison, j'étais en train de coudre une blouse pour Cricri, dans le petit salon du rez-de-chaussée. L'enfant, pelotonné à mes pieds, jouait avec Mirza.

En voyant entrer la famille, je me dis : « Enfin, je vais savoir le fin mot de l'histoire ! »

Mon beau-père était entré le premier. Son regard tomba, je m'en aperçus tout de suite, avec une sorte d'ahurissement, sur le minuscule personnage qu'on nous avait amené à Uam-Var.

— Qu'est-ce que c'est que cela, Christiane ? s'exclama-t-il. Vous avez fait un héritage ?

Je ne pus m'empêcher de rire.

— C'est un enfant tombé du ciel, mon père. Une femme est venue le conduire ici, en affirmant que Gertrude était morte et que la famille de ladite Gertrude ne pouvait le garder en France.

Le visage de sir Archibald était devenu tout à coup extrêmement sérieux. Il fixait sur moi son œil aigu, en attendant visiblement que je continuasse mon récit. Mais il ne semblait pas étonné outre mesure.

— Cette femme, continuai-je, en décidant qu'il

valait mieux vider mon sac tout à trac et qu'il était préférable de mettre au point, tout de suite, la question argent qui, je le craignais, allait apparaître à sir Archibald comme la plus épineuse, cette femme m'a réclamé quarante-deux livres et quinze shillings pour remboursement de frais de voyage et autres.

C'était douloureux, mais c'était dit. Et mon beau-père n'avait pas bronché. Il continuait de me regarder.

— Mrs Bertram a acquitté cette somme, continuai-je. Et la femme est repartie en laissant l'enfant et ses petites affaires. Celles-ci se trouvent encore dans une valise dont vous pourrez vérifier le contenu. C'est tout ce que je sais de cette histoire et je vous attendais, justement, en pensant que vous seul pourriez m'en apprendre davantage.

Je me levai et me dirigeai vers le secrétaire.

— Ah ! je dois vous dire encore qu'elle m'a remis une enveloppe, que j'ai conservée précieusement ici... Bien qu'elle fût adressée à une lady Duncan, j'ai estimé impossible que j'en fusse la destinatrice et je ne l'ai pas ouverte.

Je tendis l'enveloppe et sir Archibald la prit. Il semblait de moins en moins surpris, mais garda le silence, tout en continuant à me dévisager de son regard perçant.

Edward, pendant ce temps, s'était approché du feu et, de son œil le plus curieux, il examinait l'enfant avec une insistance singulière. Sir Archibald ouvrit l'enveloppe et prit rapidement connaissance des papiers qu'elle contenait.

Michaël avait quitté la pièce en silence, après m'avoir envoyé un salut amical et souriant.

Penché vers le petit, qui le considérait d'un œil intéressé tout en n'étant qu'à moitié rassuré, Edward lui demanda, en français :

— Quel âge as-tu, mon bonhomme ?

— Trois ans...

— Comment s'appelle ta maman ?

— Maman Gertrude...

— Gertrude... fit-il pensivement. Voilà un nom que je ne connais pas.

— Moi, je connais, coupa sir Archibald avec une dureté soudaine. Il s'agit de la nourrice à laquelle cet enfant a été confié.

Je m'en étais vraiment un peu douté, et l'insistance avec laquelle Cricri réclamait sa maman Gertrude, un peu moins toutefois depuis quelques jours, prouvait qu'il ne connaissait pas sa véritable mère.

— Voici l'acte de naissance de cet enfant, poursuivit sir Archibald, en examinant les paperasses qu'il tenait à la main. Et voici son acte de légitimation. Je suppose, ajouta-t-il, en s'adressant à son fils avec une gravité qui ne m'échappa pas, je suppose que tu sais tout ce que cela veut dire...

— En effet, je vois ! répondit Edward, presque avec insouciance, comme si ce n'était pas un problème qui le regardât, bien qu'apparemment cela parût le concerner tout particulièrement.

Il se redressa, une certaine dureté dans son regard, et contempla l'enfant avec détachement.

— En attendant, nous voici encombrés d'un petit homme dont nous ne saurons quoi faire, fit-il observer assez maussadement. Quelle idée a eue cette femme de nous l'amener ici !

— En effet, ponctua le père. Il eût été préférable qu'on nous prévînt d'abord de la mort de sa nourrice. Cette vieille femme est morte bien mal à propos. Mais enfin, mon cher, il nous faut accepter ce que le ciel nous envoie. Après tout, il ne s'agit que d'un contretemps et non d'une catastrophe.

Pour moi, c'était là du sanscrit. Je ne comprenais

réellement pas de quoi il retournait. La venue de cet enfant semblait les concerner d'une façon assez lointaine, mais ne pas les préoccuper outre mesure. Un seul point, pour l'instant, demeurait acquis pour moi. A l'annonce du paiement des quarante-deux livres et quinze shillings, sir Archibald n'avait même pas tressailli. Cela devait être, chez lui, ou bien le symptôme d'une agitation extrême, ou bien la preuve absolue qu'il considérait toute cette affaire sous un jour parfaitement normal.

Comme s'il avait deviné le cheminement de ma pensée, le vieil Archibald se tourna vers moi, un peu goguenard, et précisa :

— Voici donc votre enfant, lady Duncan. Je pense, ma fille, que vous l'accueillerez maternellement, comme il se doit.

J'en eus le souffle coupé, à tel point que je crus avoir mal compris. Je répétais :

— Mon enfant ?

— Mais oui, votre enfant !... Pourquoi non ? Il ne vous plaît pas ?

Il y avait dans son ton une sorte d'ironie que je ne lui connaissais pas et qui me déplut souverainement. Je persistai, contre toute vraisemblance, à vouloir me persuader que j'avais mal compris et je répondis :

— Au contraire, il me plaît beaucoup. Ce petit est gentil et, depuis quelques jours, je m'occupe volontiers de lui. Non pas parce que je suis sa mère, mais tout simplement parce que c'est un petit être sans défense et qu'il s'agit d'un enfant de mon pays. Je ne crois pas qu'aucun autre lien me rattache à lui.

Brusquement, sir Archibald Duncan plaça sous mes yeux un document français.

— Voici son acte de naissance, souligna-t-il du ton de commandement que je connaissais bien. Né de père et de mère inconnus.

Je murmurai avec pitié :

— Pauvre petit môme...

— Oui, pauvre petit môme, répéta sir Archibald d'un ton sifflant que je n'aimais pas du tout. Mais, enfin, poursuivit-il d'une voix sarcastique, il existe, grâce au Ciel, des gens qui ont la charité facile. Voici, en effet, un autre papier qui a légitimé cet enfant. Je vous prie de le regarder et de vous souvenir de lui, dans l'avenir. Reconnaissez-vous votre signature ?

Je pris machinalement le document anglais qu'il me tendait et, absolument stupéfaite, je vis, comme dans un cauchemar, qu'Edward Duncan, en épousant Christiane Chambreuil, avait légitimé, devant l'état civil du comté de Londres, l'enfant né avant ce mariage, et que ladite Christiane Chambreuil avait apposé sa signature au bas du document en question. Aucun doute, c'était bien mon écriture !

Je restai pendant quelques secondes totalement abasourdie, le souffle court, l'œil vague. Après quoi, une indignation violente me saisit.

— J'ai signé, oui, m'écriai-je, il est évident que c'est bien ma signature. J'ai signé peut-être des papiers que l'on m'a présentés lors de ce maudit mariage que je voudrais ne jamais avoir conclu, j'ai signé de confiance des papiers que je n'ai pas eu le temps de lire ni d'étudier. Mais je sais bien, moi, que cet enfant n'est pas à moi. Tout cela est un véritable abus de confiance, une indignité !

J'étais hors de moi et je ne pouvais ni ne voulais plus me retenir. Tout le fiel et l'amertume amoncelés en moi, depuis de longs mois, montaient à mes lèvres et débordaient. Cette dernière histoire, que je ne pouvais pas ne pas considérer comme un abus de confiance, était la goutte qui faisait déborder le vase. Mais il fallait reconnaître que ce que je jugeais comme une escroquerie morale était de taille.

Sir Archibald qui, jusque-là, s'était plutôt montré caustique et même presque insultant, fut manifestement saisi par mon accent de sincérité. D'un ton calme, pondéré, humain, de ce ton dont il avait usé avec moi tout à fait au début de mon séjour en Ecosse, il me dit :

— Mais non, Christiane, ce n'est pas une indignité : c'est une charité. Vous pouvez refuser la présence de cet enfant, ma fille, si telle est votre décision. Mais, par une coïncidence heureuse, il porte votre nom : il s'appelle Christian. Ne croyez-vous pas que c'est là une prédestination voulue par le Ciel, afin que vous ne rejetiez pas hors du nid le petit moineau que Dieu nous envoie ?

Je regardai l'enfant et ma colère s'apaisa comme par enchantement. Il nous examinait tous les trois, tour à tour, sans dire un mot, en nous fixant de ses grands yeux ronds. Il n'avait plus l'air du poussin déplumé du premier jour et ne regardait plus autour de lui avec crainte ni suspicion. Il était manifestement plein de confiance. Il n'envisageait pas une seconde que je ne pusse plus le garder auprès de moi... que je pusse le repousser, maintenant. De toute évidence, il considérait que sa place naturelle était là, entre la cheminée flambante et le museau de Mirza.

— Prédestination, prédestination ! marmonnai-je entre les dents. Cela est une autre affaire, admis-je, en réponse à sir Archibald. Je ne veux aucun mal à ce gosse et, même en n'étant pas sa mère, je suis toute prête à me dévouer pour lui. Mais pourquoi me l'a-t-on imposé sans que je le sache ?

Mes yeux allaient tour à tour de sir Edward au petit Christian. Celui-ci semblait avoir décidé qu'en tout état de cause il resterait là, sous la protection des Duncan et de Christiane Chambreuil. Mais le visage de celui qui était mon mari m'exaspérait, une fois de plus. Je ne pouvais plus, physiquement, supporter son air impénétrable et renfermé, la rareté de ses paroles, l'impression de dédain et d'indifférence qui émanait de lui.

Je ne sais ce que j'aurais donné pour le voir sortir de cette apathie, le sentir vibrer, se mettre en colère, s'adresser à moi dans des termes qui ne fussent pas éternellement marqués au coin de la plus exquise, mais de la plus froide politesse.

Fallait-il en déduire qu'il n'arrivait à quitter sa cuirasse que sous l'influence de l'alcool ou des jolies fermières, et que je serais condamnée, à tout jamais, à une impuissance totale vis-à-vis de lui, à un manque absolu d'influence à son égard ? Lui ferais-je toujours l'effet d'un iceberg, comme il en avait été jusqu'ici ?

J'eus le désir irrésistible de le faire sauter de ses gonds, ne fût-ce que par la colère, pourvu que je ne contemple plus ce masque figé d'impassibilité et d'indifférence. L'occasion s'annonçait, unique... Quand retrouverai-je une opportunité pareille ?

— Ce que je demande, déclarai-je, en martelant les mots et en m'adressant cette fois-ci exclusivement à sir Edward, que je regardais droit dans les yeux, pendant que je sentais ma colère remonter en moi, avec une violence accrue, ce que je demande, c'est à qui appartient cet enfant et pourquoi m'a-t-il été légalement imposé ?

Edward ne résista pas à mon regard et me répondit, sans élever la voix, d'un ton mesuré, égal, presque paternel :

— Par cette reconnaissance dont vous parlez, cet enfant semble être mon fils. Sa mère est morte en le mettant au monde, en France. Je n'étais certainement pas auprès d'elle, puisque l'enfant a été déclaré de père et mère inconnus. En vous donnant mon nom, à vous que je ne connaissais pas, il m'a paru légitime de donner une situation légale à ce petit être que le malheur accablait. Depuis des mois, mon père paie, pour lui, la femme qui l'a élevé et qui le nourrissait. Cette femme vient de mourir. On a ramené l'enfant ici. Voilà, madame, tout ce que je crois pouvoir vous dire.

Jamais il n'en avait tant dit. Mais j'aimais encore mieux quand il se taisait. Au moins, je pouvais me faire illusion.

« A vous que je ne connaissais pas... Il m'a paru légitime de donner une situation légale à ce petit être... Voilà, madame, tout ce que je crois pouvoir vous dire... »

C'était plus que je ne pouvais en supporter. Il était odieux, absolument odieux ! Personne ne le lui avait jamais dit ? En tout cas, moi, je le pensais profondément.

Je remarquais aussi que cet homme n'avait aucune volonté. Ce n'était jamais lui qui décidait. C'était toujours son père. Il se contentait d'acquiescer.

Qui m'avait donc fichu un mari pareil ? Et prétentieux, avec cela ! Et égoïste ! Et dédaigneux, le monsieur !... Et qu'était-ce que cette femme dont il avait eu un enfant ? Mais je ne pouvais tout de même pas, décemment, lui jeter ses quatre vérités à la figure. Surtout dans un pareil moment. C'était lui chercher une mauvaise querelle. Il y avait déjà bien assez de raisons apparentes de se fâcher, sans aller étaler les plus secrètes. Il y avait cette légitimation et cet enfant qu'on me collait de force sur les bras. C'était suffisant.

J'éclatai, cette fois-ci, à haute voix :

— Non ! non ! jamais je n'accepterai d'être la mère d'un enfant dont, il y a quelques jours, j'ignorais l'existence... d'un enfant né d'une femme que je n'ai pas connue.

— Mais...

— Il n'y a pas de mais qui tienne. Vous ne vous rendez donc pas compte que cette femme l'a mis au monde alors que, moi-même, je n'avais pas dix-huit ans ?...

— Christiane...

— Il n'y a plus de Christiane !

Ma révolte commençait à atteindre au paroxysme, et plus je me montais, plus je croyais à l'exactitude de ce que je débitais.

— Vous avez tout saccagé. Vous vous croyez tout permis. Il y a tout de même des choses sacrées dans l'existence. Je vais de ce pas écrire à ma mère, la mettre au courant de cette situation extraordinaire et lui demander conseil. Un homme d'affaires averti saura bien attaquer une telle maternité et la rejeter loin de moi !...

En réalité, la seule pensée de faire pareille relation à ma mère, alors qu'elle ne savait même pas encore que j'étais mariée, me faisait frémir.

Je regardai alternativement sir Archibald et son fils avant de poursuivre. Le premier se taisait, drapé dans une dignité inébranlable. Le second ne tentait même plus de se justifier, mais il était livide.

Je ne l'avais jamais vu aussi pâle. Chaque mot que je prononçais portait visiblement.

C'est tout ce que je voulais. Je n'avais qu'à continuer. Je finirais bien par l'accabler de ses torts et par le faire sortir de sa réserve de « gentleman compassé ». J'avais envie de le voir hurler, protester, jurer, me battre même s'il le fallait. Tout en moi éprouvait le besoin d'une scène. Je ne pouvais plus rester dans cette contrainte et dans ce *self-control* exaspérant.

— Vous êtes des bourreaux, des faussaires, poursuivis-je, implacable. Sous prétexte de m'amener ici pour y remplir un rôle de gouvernante... de maîtresse de maison, vous avez disposé de moi et de mon honneur. Les gens vont croire que j'ai réellement été mère à dix-huit ans. Mais elle, ma maman chérie, elle sait bien que ce n'est pas vrai. Vous faites trop bon marché de l'honneur et de la réputation d'une jeune fille !... Je vous déteste !

Cette dernière apostrophe était destinée tout particulièrement à mon mari. Et comme, malgré mes rodomontades, je sentais un irrépressible besoin de sangloter monter le long de ma poitrine, je cherchai le salut dans la fuite.

Je plantai là l'enfant, le chien, mon mari et sir Archibald, et j'allai, en courant, me réfugier dans ma chambre.

CHAPITRE XVII

Je pleurais depuis un bon quart d'heure, en remâchant tout ensemble mes griefs réels et mes griefs imaginaires, tout en réalisant peu à peu l'absurdité de ma situation, lorsqu'on frappa à ma porte.

J'essayai tant bien que mal, rapidement, de mettre un terme aux débordements de mon désespoir et de réparer la laideur de mon nez rouge et de mes paupières irritées, avant de lancer un : « Entrez ! », qui n'avait rien de retentissant.

C'était sir Archibald. Il se montra vivement impressionné par mon état. Je ne pus réprimer un geste de déconvenue manifeste qu'il ne sembla pas relever. Je m'attendais, inconsciemment, à voir apparaître sir Edward ; mais, une fois de plus, ce n'était que son père.

Ce dernier m'invita du geste à m'asseoir, avant de se laisser aller lui-même dans un fauteuil de bois qui avait dû enregistrer, au cours des siècles, les démêlés des Mac Guire avec les Duncan. Mais j'étais bien trop énervée pour rester assise, et j'allai m'appuyer à l'un des montants de l'énorme cheminée qui constituait le principal ornement de la chambre rouge.

— Je vous en prie, Christiane, déclara posément sir Archibald en mettant dans sa voix toute la tendresse dont il était capable, n'agissez pas sans réflexion. La lettre que vous allez écrire à votre mère va vous séparer de nous à jamais. Ne puis-je pas, plutôt, vous offrir un dédommagement pour le mal que je vous cause ?

J'eus un haut-le-corps. Non seulement pour la soudaineté de l'attaque, l'étrangeté de la proposition, mais, connaissant sa ladrerie, l'inattendu de la décision ; je devais être vraiment un gibier de choix pour que mon beau-père se décidât à de tels sacrifices afin de me garder.

— Mais enfin, m'écriai-je, que signifie cette histoire ? Sans que je l'aie voulu, sans que vous vous en soyez expliqué avec moi, alors que vous ne me connaissiez même pas, comment n'avez-vous pas hésité à commettre, vis-à-vis d'une jeune fille, un pareil abus de confiance ? Car il n'y a pas d'autre mot pour qualifier de tels procédés. Il n'y a donc aucun sentiment de ce que commande l'honneur dans la famille Duncan ?

— Je pensais que l'homme que j'avais chargé de conclure cette affaire avec vous vous avait mise au courant.

Dieu ! que c'était agaçant et désagréable d'entendre appeler cela « une affaire » ! Et, cependant, cela n'avait jamais été autre chose qu'une affaire. Où avais-je pris qu'il s'agissait d'autre chose ? C'était sans doute le fruit de mon imagination déréglée. Mais comment sir Archibald pouvait-il raisonnablement croire, ou feindre de croire, que l'homme qu'il avait chargé de conclure *cette affaire* m'avait mise au courant ? Comment, si j'avais été au courant, me serais-je tue ? Comment aurais-je pu passer tant de mois à Uam-Var sans jamais faire aucune allusion à cet enfant ?

Je regardai le grand vieillard en face de moi.

Il ne bronchait pas. Il paraissait sincère et de bonne foi. Il avait cru sérieusement que son fondé de pouvoir, à Londres, m'expliquerait les faits. L'air goguenard et persifleur de tout à l'heure, quand il m'avait montré la légitimation, en était une preuve. Non, la vérité devait être différente. L'entremetteur, qui m'avait accompagnée depuis Londres, avait dû bel et bien être chargé par lui d'éclairer ma lanterne ; il s'en était abstenu de crainte que je ne refuse, et, partant, de perdre la commission qu'il avait dû toucher sur l'affaire entière.

Il n'y avait pas de doute. C'était une *affaire,* rien qu'une *affaire,* et uniquement une *affaire !*

— Il ne m'est pas venu à l'idée, poursuivit sir Archibald, qu'en vous faisant légitimer cet enfant, je vous causais le moindre préjudice. Je ne puis, pour le moment, vous offrir qu'un dédommagement pécuniaire (toujours l'affaire qui continuait), mais je vous promets que vous serez satisfaite de nous dans quelques mois.

Que signifiait encore cette promesse ? Je commençais à en avoir assez de tous ces mystères et de toutes ces histoires. Si encore Sir Edward s'apercevait de mon existence ! Mais il se souciait plus visiblement de son winchester à répétition que de ma personne...

— Voici bientôt sept mois que vous êtes en Ecosse, près de nous, et que vous vivez notre vie. Vous avez pu constater que nous n'étions pas de méchantes gens et que nous étions connus honorablement dans le pays. Je vous prie de croire que, malgré les apparences, nous n'avons jamais eu l'intention d'entacher votre honneur.

Il était exact que les Duncan étaient d'excellentes gens. Il était exact que j'avais toujours été traitée comme une véritable fille par sir Archibald. Il était exact que l'on m'avait constamment honorée dans la famille comme la véritable maîtresse de cette maison. Il était exact que je ne pouvais officiellement me plaindre sous aucun rapport, puisque les clauses du contrat initial avaient été scrupuleusement respectées depuis le premier jour. Mariage blanc il devait y avoir, mariage blanc il y avait eu. Il était enfin exact que j'avais signé moi-même cette légitimation et que personne n'était logiquement obligé de savoir que j'ignorais ce que j'avais signé, puisque j'étais censée connaître parfaitement la langue anglaise.

Tout cela était certain et il n'y avait rien à dire. Mais l'irritation, la surprise et le bouleversement de tout à l'heure avaient été trop forts pour que je pusse le reconnaître à haute et intelligible voix.

Pas un son ne voulait sortir de ma gorge.

Et par-dessus tout, ce qui me tenait réellement à cœur, c'était l'attitude de celui dont je portais le nom. Il était cause de ma déconvenue, de ma rancune, de mes désappointements. Une rancœur s'était accumulée en moi. Je ne pouvais décemment m'ouvrir à mon beau-père de cet état d'esprit. Il m'aurait regardée comme une bête curieuse... comme un phénomène... ou un être anormal.

La phrase du premier jour : « Vous ne comptez pas entrer tout de suite dans son intimité », le ton avec lequel elle avait été dite, me remontaient à la mémoire comme un camouflet. C'est pourquoi je restais là, obstinément, méchamment, bouche close, comme un enfant qui boude.

— Je vois bien que votre bonne foi a été surprise, reprit mon beau-père avec mansuétude. C'est à votre insu qu'on vous a imposé cet enfant et j'en suis navré, car je n'ai jamais souhaité qu'on abusât ainsi de votre confiance. Réellement, je suis désolé qu'on en ait usé ainsi avec vous... Ne puis-je réparer ?

— A moins de faire un désaveu en maternité, comment réparer ? fis-je avec acrimonie.

— Non ! non ! pas de scandale ! Je vous en prie, Christiane, réfléchissez... Votre nom... le nôtre... n'ont rien à gagner dans un pareil procès !

— Alors, quoi ?

Je sentais bien, comme lui, que je ne pouvais m'en remettre à des hommes de loi : c'eût été vouloir que toute la presse s'emparât de l'histoire et le scandale eût été retentissant.

Comme s'il lisait en moi, sir Archibald reprit :

— Quand vous avez accepté cette place de maîtresse de maison, ici, l'intérêt vous guidait... A ce moment-là, je vous ai versé une compensation de deux cent mille francs... Voulez-vous que, maintenant, je vous offre une somme pareille pour que vous puissiez l'envoyer à votre mère ?

Bonté divine... Il m'offrait de l'argent !

Je faillis m'emporter à nouveau. Un tel abus de confiance pouvait-il se réparer avec de l'argent ? Puis je vis le vieil homme si humble, si ennuyé. Et je compris que son offre lui paraissait la seule capable de compenser le tort qu'on m'avait causé en son nom.

Mon Dieu, c'était l'*affaire*... toujours l'*affaire !* Et ma colère tomba subitement, car j'avais conscience qu'il était sincère et que sa démarche n'offrait rien d'injurieux.

L'affaire continuait.

L'affaire, c'est-à-dire mon départ de France, ma venue en Angleterre, mon mariage, mon séjour à Uam-Var, et, maintenant, un enfant... Une affaire... tout était une affaire.

Mais une affaire de cette sorte donnait à réfléchir et je ne pouvais la traiter comme une question d'amour-propre ou une raison sentimentale. Tout mon bon sens me disait que la proposition de Sir Archibald ne pouvait décemment pas être négligée.

Au surplus, embarquée comme je l'étais, ne devais-je pas en tirer le meilleur parti ? Avais-je le droit de repousser le dédommagement qu'il m'offrait ?

Il n'y a que le premier pas qui coûte. Et comment, maintenant, aurais-je pu reculer ? N'était-il pas plus normal que ma famille profitât de la situation inextricable où je m'étais mise ?... Et puisque les choses en étaient arrivées à une telle impasse, ne devais-je pas en faire bénéficier les miens ?

Nettement, l'utilité de conclure, à nouveau, *une affaire* s'imposa à moi.

Je n'en étais pas moins surprise que mon beau-père songeât à proposer un tel marché. Quel *family skeleton* le poussait à me retenir à Uam-Var ?

Deux cent mille francs ! Pour que me fût faite semblable proposition, ma modeste personne ne devait-elle pas mettre en jeu de formidables et mystérieux intérêts ?

Une autre, plus maligne, plus rouée que moi, aurait probablement tiré parti de la situation, poussé au chantage, ou exigé une somme plus considérable encore.

Mais sir Archibald me connaissait, à présent. Il me savait incapable d'un pareil calcul et de sentiments aussi bas.

Comme s'il avait deviné ce qui se passait en moi, il déclara :

— Je m'engage, en outre, à vous donner toutes les satisfactions utiles dans quelques mois ; mais, pour le moment, j'ai besoin que vous continuiez à être la femme de mon fils Edward et la mère de son fils...

Je dus me mordre la lèvre pour ne pas répondre, car là n'était pas le problème. Je ne demandais pas mieux, grands dieux, que d'être la femme de son fils Edward. Seulement, voilà, c'était là la seule chose que je ne pouvais absolument pas dire, ni à lui ni au fils en question.

Mon silence lui fit craindre de nouvelles protestations de ma part.

Il reprit donc, plein de bonne volonté :

— Cet enfant, dit-il, comme pour prévenir toute objection de mon côté, nous l'enverrons à la campagne. (Comme si Uam-Var n'était pas la campagne !) Nous le mettrons chez des gens qui ne vous connaissent pas. Nul ne pourra dire que vous avez été mère, en dehors du mariage, à dix-huit ans.

Evidemment, c'était une solution... une solution que je n'avais pas souhaitée ! Je m'étais attachée au petit Christian et cela ne me dérangeait nullement qu'il restât à Uam-Var.

Pourtant, il était certain que son éloignement aurait l'avantage de réserver l'avenir, autant pour ma réputation que pour ma mère et pour tout le monde. Il était peut-être préférable, en effet, qu'il ne vécût pas auprès de moi...

Je pensai, tout à coup, qu'il serait bien triste de voir partir le petit, tout seul ; puis je me dis que les enfants oublient vite, comme il avait déjà presque oublié sa maman Gertrude. Somme toute, son départ était l'arrangement qui présentait le moins d'inconvénients.

— Dans quelques mois, répéta sir Archibald, en revenant à la charge comme pour emporter mes dernières hésitations, car, de toute évidence, son œil aigu me voyait déjà fléchir, dans quelques mois, je réparerai ce que vous considérez comme un préjudice grave et je vous promets qu'à ce moment-là je vous donnerai satisfaction, en même temps que je vous dédommagerai de toutes les angoisses par lesquelles vous aurez passé.

Il quitta le solennel fauteuil où il s'était assis. S'approchant de moi, il me mit familièrement une main sur l'épaule et ajouta d'une voix étrangement basse et vibrante :

— C'est un père qui vous le demande, Christiane. C'est un homme qui a besoin de votre concours, plein et entier. Voulez-vous lui faire confiance et ne pas lui refuser votre aide ?... Enfin, dites-vous que la mère officielle d'un Duncan ne sera jamais dans le besoin... c'est tout votre avenir qui est garanti et à l'abri du souci... c'est désormais l'honorabilité et le respect de tous qui vous sont assurés... Christiane, admettez que c'est un père qui vous affirme que vous n'avez que des avantages à vous fier à lui.

Que pouvais-je répondre à une telle demande, formulée en de tels termes et sur un semblable ton ? Ma colère, mon irritation, mon chagrin, tout cela était complètement tombé.

J'allais dire *oui,* sans autre forme de procès, lorsque la vision de ma mère, une fois de plus, s'imposa à moi. Comment, plus tard, pourrais-je lui expliquer que, sans connaître un homme, j'avais consenti à l'épouser pour la somme ridicule de deux cent mille francs, en préjugeant de tout mon avenir et que, pour deux cents autres misérables milliers de francs, j'avais endossé une maternité qui ne m'incombait point ? Car, en définitive, c'était à une affaire de ce genre que toute l'histoire pouvait être ramenée.

Cependant, l'air malheureux et anxieux de sir Archibald me faisait impression.

Sortant enfin de mon mutisme, au moment où mon beau-père, presque au désespoir, se résignait à repasser la porte sans avoir une réponse de moi, je finis par dire :

— Père, je suis encore trop bouleversée pour vous donner mon accord immédiat en toute tranquillité d'esprit. Je vous demande vingt-quatre heures pour réfléchir. Je vous promets une réponse définitive pour demain matin. Donnez-moi le temps de prendre une décision et de m'y habituer.

— Soit, fit-il, sans ajouter un mot.

Sir Archibald passa le seuil et se dirigea vers l'escalier conduisant au vestibule.

Je le regardai s'éloigner, silencieux, voûté, désemparé... Il me paraissait avoir subitement vieilli de dix ans.

Quant à moi, anéantie et impuissante, je sentais le *sens unique* s'appesantir, plus que jamais, sur mes épaules. Jamais il ne me serait possible de sortir de cette horrible situation où je m'étais enlisée...

CHAPITRE XVIII

La sagesse des nations affirme que la nuit porte conseil.

Ce fut vrai pour moi cette nuit-là, car je ne dormis guère. Je me tournai et me retournai dans mon lit pendant des heures, pesant le pour et le contre, analysant mon étrange situation, essayant de reconsidérer, avec calme et sang-froid, les événements de la veille et d'aboutir à une décision.

Je m'endormis fort tard et m'éveillai très tôt, bien avant l'aube. Je savais que de la réponse que j'allais donner dépendraient non seulement mon avenir, mais le sort de l'enfant, et, fort probablement, celui de la famille Duncan tout entière.

Il était évident que, au point où j'en étais, mon acceptation ne constituait pas pour moi un changement essentiel. J'allais seulement m'engager plus profondément encore dans le sens unique que je sentais s'appesantir si lourdement sur moi. Mais cela ne faisait pas varier ma route. Mariée à sir Edward, je n'accomplissais aucun acte qui fût en dehors de ce mariage. Au contraire, il me parut que je resserrais encore les liens qui m'attachaient à lui.

Ma colère passée, je réalisai que l'origine de tous mes maux remontait à plusieurs mois en arrière, lors de mon arrivée à Londres, et non pas aux dernières vingt-quatre heures. C'était à ce moment-là qu'il eût fallu réfléchir et non pas accepter, inconsidérément et légèrement, ce mariage d'un genre si spécial. C'était à ce moment-là qu'il eût fallu ne pas donner la tête dans le panneau, ni faire bon marché, comme je l'avais fait, de mon honorabilité et de ma réputation de jeune fille, ainsi que de mes principes et de l'éducation que j'avais reçue. C'était à ce moment-là qu'il eût fallu m'inquiéter des conséquences d'un tel acte et non pas maintenant.

Et tout cela pour ne pas avoir à rembourser les deux cent mille francs qu'on m'avait versés d'avance et qui devaient être déjà, en partie, employés !

Mais, à cette époque-là, comment aurais-je pu reconstituer cette somme pour pouvoir la rendre ? Comment se procure-t-on de l'argent quand on n'en a pas et qu'on est sans travail ?

Peut-être aurais-je dû avoir le triste courage de rentrer en France et de tout avouer à ma mère ? Elle m'aurait soutenue de sa tendresse maternelle et, pour m'éviter ce singulier mariage, elle eût vendu nos meubles et nos effets.

A cette pensée, je me sentais frémir d'épouvante. Non, réellement, je n'aurais pu accepter des miens un si lourd sacrifice. Qu'aurais-je dû faire pour sortir de cette tragique impasse ? N'y avait-il eu vraiment aucune autre solution ?

A présent, j'avais beau me rebeller, piquer une crise de colère, jouer les reines offensées, il était manifestement trop tard.

A quoi pouvait servir tant d'indignation ?

Strictement à rien !

Même en admettant que je parvienne à tout rompre, à répudier cette maternité que j'avais reconnue en signant aveuglément des documents officiels, je n'aurais pas évité le scandale qui était bien ma préoccupation la plus angoissante. Au contraire !

Et, en provoquant le scandale, je n'aurais rien arrangé du côté de ma mère et j'aurais tout perdu du côté des Duncan. Il était, de toute façon, inutile de me rebeller et d'envisager comment j'aurais dû agir alors.

D'un autre côté, en acceptant les choses telles qu'elles se présentaient à ce jour, rien ne changeait dans ma situation à Uam-Var. Je continuais à pourvoir aux besoins de ma famille qui, de par ma faute, dépendait entièrement de moi ; d'autre part, grâce à l'offre que sir Archibald venait de me faire, je reconstituais une partie du pécule que j'avais, auparavant, dilapidé. J'avais donc tout à gagner en me taisant, surtout si les phrases sibyllines de mon beau-père, m'affirmant que dans quelques mois il réparerait tout cela et me dédommagerait de toutes les angoisses par lesquelles je passais, s'avéraient exactes.

Après tout, je n'avais aucune raison de suspecter la bonne foi de sir Archibald. Jusqu'à présent, il avait toujours tenu ses promesses et fait face scrupuleusement à ses obligations.

Je me rendais bien compte, aussi, qu'au fond et au bout de toute cette histoire reposait un mystère. Pour être tout à fait sincère avec moi-même, il me fallait reconnaître que la curiosité, cette fameuse curiosité féminine dont on nous accable si volontiers, n'était pas le dernier des motifs qui me faisaient pencher vers l'acceptation.

Mais, pour me montrer tout à fait honnête et sincère, je dois ajouter que, en dehors et au-dessus de toutes ces considérations un peu terre à terre, il y en avait deux autres qui, pour ne pas sembler à première vue déterminantes, demeuraient en réalité les plus valables et les plus essentielles : les yeux de Cricri et ceux de sir Edward.

Ah ! les yeux d'Edward, lorsque je m'étais tourné vers lui avec une violence qu'il ne comprenait pas !... Je n'avais jamais vu une telle expression dans ces yeux d'homme qui se fixaient sur moi avec une profondeur et une insistance inusitées.

Il y avait eu, dans ce regard fugitif, à la fois de la surprise, de la prière, de l'admiration et de la contrition. Cela n'avait duré qu'un instant, mais j'étais sûre de ne pas m'être trompée. C'était une expression qui ne ressemblait en rien à celles que j'avais l'habitude de déceler chez lui, aux rares moments où mes yeux rencontraient les siens. Et ce regard si nouveau et si inattendu avait laissé en moi une impression que je n'arrivais pas à effacer et qui s'imposait en quelque sorte à mon subconscient. C'était... oui, c'était comme s'il s'était agi d'un autre que sir Edward, habituel et quotidien. Un nouveau personnage insoupçonné, inconnu, avait fait subitement irruption dans ma vie solitaire...

Et les yeux de Cricri ! Ces yeux-là n'avaient rien de mystérieux, mais ils avaient exprimé la surprise et la supplication à l'état pur. C'étaient les yeux candides d'un enfant que j'aimais déjà et qui me demandaient simplement, avec tendresse, de ne pas renier ma signature, de ne pas le renvoyer à sa condition première d'orphelin. Ces yeux candides plaidaient l'irresponsabilité et l'innocence. Ils me disaient encore, ces yeux, qu'ils n'avaient point demandé de venir au monde. Personne ne m'avait expliqué, et personne ne m'expliquerait sans doute de sitôt, à la suite de quelles circonstances cet enfant était né loin de son père. On ne me dirait pas davantage pourquoi celui-ci semblait presque aussi étonné que moi de son arrivée.

Personne ne m'avait donné de détails sur l'idylle dont était issu ce petit être. Mais le fait est qu'il était là et qu'on ne pouvait le supprimer d'un trait de plume.

Voilà ce que me disaient ces yeux innocents... ces yeux si vivants et si éloquents... qui parlaient plus fortement à ma conscience que les objurgations les plus dramatiques.

C'est donc essentiellement pour ces deux raisons que, ce matin-là, je quittai ma chambre d'un air décidé et, qu'aussitôt après le petit déjeuner, je me rendis dans le bureau de sir Archibald, avant même que les vingt-quatre heures demandées se fussent écoulées.

— Je vous fais toutes mes réserves quant à l'avenir, mon père, lui déclarai-je, car je commence à me sentir sceptique quant aux décisions que vous êtes susceptible de prendre et aux surprises que vous êtes capable de me ménager. Le passé me rend prudente. Mais pour ce qui concerne le présent, j'ai mûrement réfléchi et j'accepte d'avoir l'invraisemblable attitude que, hier, vous m'avez demandé de garder pendant quelque temps.

Il se leva sans dire un mot, serra brusquement ma main entre les siennes et murmura simplement :

— Merci, ma fille !

Je crus voir luire une humidité dans le fond de ses yeux, mais il n'ajouta rien. Il considérait sans doute que l'émotion par laquelle il s'était laissé gagner, la veille, était le maximum compatible avec sa dignité de chef de clan.

Les choses ainsi réglées, il ne m'en parla plus.

Au bout de quelques jours, conformément à cette promesse que je commençais déjà à oublier, il me remit un chèque de deux cent mille francs, en me priant de l'envoyer à ma famille.

Il avait employé ces quelques jours, que je m'aperçus n'être point des jours de retard, à obtenir l'autorisation des services du Contrôle des changes d'exporter des fonds en France. En effet, la sortie de capitaux importants était toujours extrêmement et sévèrement réglementée en Angleterre. Il avait fallu à sir Archibald nombre de démarches pour aboutir. Je crus comprendre qu'il avait eu recours à une sorte de compensation avec l'Office des changes français.

Ma mère se montra enchantée de cet envoi. Elle crut ce que je lui écrivis, à savoir qu'il s'agissait d'une somme que me valaient des spéculations heureuses, des économies personnelles et mon travail.

Je reçus une lettre débordante de gratitude pour sa grande fille, qui prenait si sérieusement en charge les intérêts de sa maman et de ses frères et sœurs.

Je me sentais un peu honteuse de mon mensonge, mais je n'arrivais décidément pas à avouer, chez moi, la vérité.

Néanmoins, cette lettre était si affectueuse, elle marquait une telle joie, une si complète confiance dans les mois qui allaient venir, que je ne regrettais pas d'avoir accepté la proposition de sir Archibald.

Je me tenais dans le petit salon du premier étage, mon salon de musique, occupée à relire avec joie la lettre de ma mère, lorsque sir Edward entra, après s'être fait annoncer par deux coups discrets frappés à la porte qui communiquait avec le fumoir.

— Vous permettez ?

Il n'avait jamais pris la liberté de venir ainsi inopinément me rendre visite. Nos contacts avaient toujours été occasionnels et on aurait dit qu'il fuyait, plutôt qu'il ne recherchait ma compagnie. C'était à vrai dire un singulier mari. Mais en le voyant entrer chez moi, je me réjouis de cette entorse aux habitudes.

Je ne pus m'empêcher de donner un coup d'œil à la fenêtre. Le soleil inondait exceptionnellement la campagne, d'ordinaire si désolée, et sa rareté en faisait tout le prix. Ce fut d'un air rayonnant — j'étais à la fois favorablement impressionnée par le temps radieux, par la lettre de ma mère et par l'heureuse nouveauté de la démarche de mon mari — que je me tournai vers la porte et lançai d'une voix engageante et joyeuse :

— Mais entrez donc !

Ce qu'il fit.

Peut-être, pour la première fois depuis des mois, nous nous tenions seuls, l'un devant l'autre... dans ma chambre close.

Je crus voir sir Edward rougir. Décidément, il ne devait pas se trouver particulièrement à l'aise par ce tête-à-tête avec moi. Mais sans doute me faisais-je simplement des idées.

Il portait un costume de velours gris clair, comme ceux qu'il portait chaque fois qu'il allait inspecter les fermiers et contrôler les engrangements.

— Je ne vous dérange pas ?

— Vous ne me dérangez jamais.

Pourquoi avais-je dit cela ? Après tout, il ne m'avait jamais témoigné une amabilité débordante. Il semblait toujours m'ignorer, presque me fuir. Mais, ce jour-là, j'étais pleine d'optimisme et aussi, je crois bien, encline à l'indulgence.

— C'est très aimable à vous ce que vous avez accepté pour Christian, dit-il. Je tenais à vous voir, Christie, et à vous remercier.

Il sourit. Cela n'avait pas dû lui arriver plus de dix fois depuis que je le connaissais. Et je lui souris aussi. Nous devions faire, à ce moment-là, une agréable garniture de cheminée !

— Me remercier ? Pourquoi ?

— Vous avez accepté d'être vraiment la mère du petit Cricri.

— La mère de votre fils.

— De mon fils... oui... évidemment ! Je ne vous en ai que plus de reconnaissance.

Je hochai la tête.

— La reconnaissance n'a rien à voir en cette affaire... J'ai eu confiance en votre père qui m'a affirmé que tout s'expliquerait et s'arrangerait plus tard... D'autre part, je suis officiellement votre femme. Il n'est pas anormal que j'accepte d'être la mère de votre enfant.

— C'est pourquoi j'ai tenu à venir vous dire que je vous en suis profondément reconnaissant, mon père ne vous ayant peut-être pas suffisamment remerciée.

— Votre père a été très persuasif... Il a montré, d'ailleurs, beaucoup de tact.

— J'en suis persuadé... Mais mon père est une chose et moi une autre... Nos avis diffèrent quelquefois... Il est le chef de famille et décide souvent sans que j'en sache rien... J'ai cependant ma vie propre... ma personnalité... Je ne veux pas que vous restiez sous l'impression que je n'existe qu'en fonction des faits et gestes de mon père.

Il s'arrêta, parut hésiter, puis continua :

— J'ai une existence indépendante, je vous prie de le croire. Je puis agir, raisonner et décider par mes propres moyens.

— Je n'en doute pas.

Il continuait à sourire. En vérité, je ne m'étais jamais beaucoup aperçue de la réalité de cette indépendance qu'il proclamait.

C'était même un des côtés de son caractère — cette soumission totale à son père — qui m'énervait et m'indisposait le plus contre lui. Mais, enfin, puisqu'il affirmait le contraire, je ne demandais, ce jour-là, qu'à être de son avis.

— J'admets volontiers que vous ayez votre personnalité, fis-je avec la meilleure bonne grâce.

— Vous n'étiez pas obligée de le croire, puisque les apparences semblaient contre moi jusqu'ici. Vous avez pu vous imaginer que je n'avais pour ainsi dire pas de libre arbitre...

Il rit franchement, malgré le sens amphigourique de ses paroles. C'était là un événement presque sans précédent. Ce rire n'avait absolument rien de commun avec celui que j'avais surpris chez lui le jour de la fête de la réconciliation entre les Mac Guire et les Duncan.

— Je vous prie de m'excuser, poursuivit-il, d'avoir paru profiter, l'autre jour, de votre bienveillante indulgence pour ce qui touche à la situation de Christian. Il y a beaucoup de choses, malheureusement, dont je ne puis encore vous entretenir, Christie, car elles ne m'appartiennent pas. Mais il en existe une que je tiens à vous dire : je vous promets que je vous expliquerai tout un jour. Et j'espère... oui, j'espère de toutes mes forces gagner votre estime et pouvoir alors vous dédommager de tous les ennuis que je vous ai imposés involontairement.

— Ce n'est pas vous, jusqu'ici, qui m'avez imposé quoi que ce soit, protestai-je. Votre père a tout dirigé... Vous... vous avez plutôt été indifférent... Vous laissiez faire...

— Chut ! chut ! fit-il en mettant un doigt sur ses lèvres. Je sais ce que je dis, ne croyez pas que je ne connaisse pas la vie. J'ai fait la guerre dans votre beau pays et j'ai parcouru à peu près le monde entier. Je ne suis donc pas le soliveau que vous avez cru voir en moi jusqu'à présent.

Il rit de nouveau.

— Je vois et je comprends beaucoup de choses, reprit-il. Beaucoup plus de choses que vous ne pouvez vous imaginer et que je ne puis vous dire, mais je voudrais que vous ne doutiez plus d'avoir en moi un ami... un ami sincère et véritable !... un ami capable de dévouement et d'affection.

Là-dessus, contrairement aux habitudes anglaises en général et aux siennes en particulier, il posa un baiser sur ma main et sortit en souriant, comme soulagé, me laissant là, absolument abasourdie.

Jamais il n'avait été si prolixe. Et jamais il ne s'était exprimé en termes semblables. Je ne voyais pas exactement ce à quoi avaient tendu ses propos, mais il avait été charmant et amical.

Cet homme, au caractère habituellement si froid, si distant, avait fait preuve d'une telle chaleur dans son accent et dans ses remerciements que je me demandais si je ne rêvais pas.

J'avais l'impression que le mur invisible qui s'était toujours dressé entre lui et moi s'était évanoui, ce matin-là, comme par enchantement. Et pourquoi insistait-il tant pour prendre ses responsabilités ? Il tenait donc véritablement à mon estime ?

Une grande, une inexplicable joie s'empara de moi.

Je m'étais donc trompée sur son compte ? Cet homme n'était pas la cariatide marmoréenne que j'avais imaginée ? Il possédait bien à lui un cœur, une intelligence et des sentiments personnels ? Enfin, je ne lui inspirais ni dégoût ni indifférence comme j'avais été fondée à le croire ?

Il me sembla soudain que je m'étais montrée jusqu'alors très injuste envers lui. Je comprenais enfin que sa conduite à mon égard, au lieu d'avoir été dictée par des sentiments de répulsion ou de froideur, avait été déterminée par des circonstances que j'ignorais et qui, sans doute, n'avaient rien à voir avec ma personne.

Du coup, je décidai de lui pardonner beaucoup de choses. Et je me félicitai intérieurement d'avoir pris la décision de rester. Quelle grosse bêtise j'aurais faite en rompant avec les Duncan ! N'était-il pas merveilleux, au contraire, de pouvoir espérer que plus tard... un jour... ?

O mon pauvre amour méconnu, était-il possible qu'un jour... ?

Fût-ce un effet de mon illusion, ou la conséquence de mon état d'esprit, ou encore l'expression d'un véritable état de fait ?

Toujours est-il qu'il me sembla, à partir de ce jour-là, que mon mari se montrait moins raide et moins distant vis-à-vis de moi. Souvent, je sentis ses yeux se poser sur moi avec intérêt, pendant qu'un sourire indulgent paraissait approuver mes actes et mes paroles.

Je puis dire, sans fausse honte, que ma vie entière en fut transformée, bien qu'en apparence rien ne fût changé.

A quoi tient l'espoir ?...

CHAPITRE XIX

Sir Archibald, tenant sa promesse, avait cherché à caser au loin le petit Christian.

Il avait déniché une paysanne dans une région assez éloignée, de l'autre côté du Loch Ness, sur le Nairn.

Cet éloignement devait, lui semblait-il, me rassurer quant à l'avenir. C'était ainsi, effectivement, que les choses avaient été convenues entre nous.-

La paysanne se présenta un matin pour chercher le petit et l'emmener.

Nous étions tous réunis dans le grand salon attenant à la salle à manger, quelques intants avant de nous mettre à table, sir Archibald, les deux frères, l'enfant, Mirza et moi-même.

La femme avait une allure que je jugeai assez rébarbative, mais elle donnait une étonnante impression de propreté et de santé. D'après ce qu'affirmait sir Archibald, elle présentait toutes les références possibles et toutes les garanties désirables. J'étais, malgré moi, un peu inquiète, mais mon beau-père avait réussi à m'apaiser.

L'enfant nous regarda à tour de rôle, comme s'il voulait lire dans nos paroles et sur nos visages la signification de la scène à laquelle il assistait.

Et, là, il se produisait un phénomène étrange et inattendu.

Lors de son arrivée à Uam-Var, la femme qui l'avait amené et moi-même avions pu impunément parler de la mort de maman Gertrude qu'il venait de quitter et qui devait, cependant, avoir une très grande importance pour lui, puisque, depuis sa naissance, elle lui avait tenu lieu de mère et qu'il devait la considérer comme telle.

D'entendre parler de sa mort n'avait pas paru le frapper et il n'avait pas semblé autrement ému. Il n'avait point dû comprendre les phrases échangées. On aurait dit que le sujet passait par-dessus sa tête, mais ne le touchait pas, ne le regardait pas personnellement. Et, cependant, la conversation se déroulait en français.

Cette fois-ci, bien que nous parlions par allusions et de plus en anglais, langue dont Cricri n'avait encore que de vagues rudiments, l'enfant, poussé par je ne sais quelle divination, comprit immédiatement de quoi il s'agissait.

Sa sensibilité avait-elle des antennes plus fortes et plus efficaces que la parole ? Y avait-il, entre lui et moi, un attachement et une correspondance subits, plus forts que les liens du sang ou de la cohabitation ?

A mon insu, entre cet enfant qui, après tout, m'était étranger, et moi-même, s'était-il subitement formé, en quelques jours de vie commune, un nœud plus étroit que les nœuds ordinaires de la famille et de l'habitude ?

Toujours est-il que, quelques minutes à peine après l'arrivée de la paysanne du Nairn, Christian se précipita subitement vers moi et, en proie à une épouvante soudaine et à un chagrin violent, il s'accrocha à moi, se cachant dans mes jupes, m'étreignant de toute la force dont ses petits bras étaient capables, en criant :

— Maman, maman, garde-moi ! J'ai peur !...

Il fit preuve de tant de tendresse, il montra tant de frayeur, qu'instinctivement je le serrai de toutes mes forces contre moi. Pouvais-je résister à l'ardente prière de ses yeux, ses pauvres yeux craintifs, beaucoup plus apeurés que le jour où il était arrivé ?

— Pauvre petit !... murmurai-je. Il est cruel de l'éloigner... Sir Archibald, je ne me sens pas le courage de le priver de ma tendresse...

— Alors, dit lentement sir Archibald, comme en pesant ses mots, puisque vous le demandez, ma fille, il sera fait selon votre désir. Le petit bonhomme restera ici.

Comme s'il avait compris que son sort était réglé, Cricri leva vers moi un visage apaisé et reconnaissant. Il me gratifia d'un sourire qui me récompensait de toutes mes peines.

En chaque femme, il y a une mère qui sommeille. Où avais-je déjà entendu ces mots ? Toujours est-il que cette petite phrase s'imposa à moi comme une vérité évidente.

A ce moment, mes yeux rencontrèrent le regard d'Edward, tourné vers moi, et je lus en ce regard une certitude... C'était celui d'un ami sûr, dont les manifestations étaient d'autant plus appréciées que peu fréquentes. Un regard plein de gratitude intense... de compréhension... presque de tendresse !

Une profonde entente venait de s'établir silencieusement entre nous. Une de ces ententes cimentées par la communauté de sentiments et l'immensité de résonances, plus grande et plus solide que tous les dialogues et que tous les discours. Une entente indissoluble, plus réelle et plus effective que celle qui naît des attachements de la chair.

La rareté de ce muet échange de regards en faisait tout le prix. Il me semblait, tout à coup, que je connaissais cette expression, cette expression que je n'avais aperçue chez mon mari qu'à de rares reprises : un jour, quand je l'avais surpris entrant dans mon petit salon, pendant que je jouais du piano ; un autre jour, quand il était venu me remercier d'avoir accepté la situation que l'on m'avait imposée ; et, maintenant, en présence de cet enfant et de cette paysanne.

Lentement, il quitta l'embrasure de la fenêtre, vint vers moi et, avec une émotion contenue que je ne lui soupçonnais pas, déclara simplement :

— Merci, Christie. Vous avez raison, cet enfant mérite votre pitié et votre tendresse. Il n'est responsable ni de sa naissance ni de la négligence des siens...

Là-dessus, comme il l'avait fait l'autre jour, quand nous étions seuls, en face l'un de l'autre, il se pencha d'un geste viril et gracieux à la fois et déposa un baiser sur ma main.

Il eut à peine un regard pour Cricri qui, pourtant, fixait sur lui ses yeux ronds, redevenus calmes et confiants.

Je me demandai, en définitive, quel diable d'homme pouvait être mon mari. Il était possible que l'éducation rigide de l'Eglise presbytérienne fût en grande partie responsable d'autant de retenue et d'un *self-control* aussi affirmé. Toutefois, son comportement, lorsqu'il était venu me remercier, il y avait quelques jours à peine, prouvait qu'il était capable de naturel et même d'enthousiasme. En tout cas, l'indifférence, feinte ou voulue, qu'il témoignait, à l'égard de celui qui, après tout, était son fils, ne laissait pas de s'avérer assez étonnante. Si j'avais pu nourrir une sorte de jalousie inavouée (et pourquoi, grands dieux, étant donnés les rapports intégralement platoniques qui régnaient en notre bizarre union ?) vis-à-vis de la mère du petit Christian, l'attitude du père envers l'enfant ne laissait pas d'être, en un certain sens, rassurante. Au moins prouvait-elle, d'abondance, que cette femme n'avait jamais compté pour lui d'aucune façon.

Je me demandai, cependant, si autant de froideur ne prouvait pas chez mon mari une sorte de frigidité du cœur, une inaptitude à aimer et à s'émouvoir.

Et, pourtant, l'expression de son regard, la chaleur de sa voix, prouvaient qu'il n'en était rien et qu'il était parfaitement capable d'émotion, d'attachement, d'enthousiasme et, qui sait ? peut-être d'amour.

La décision que je venais de prendre à l'égard de l'enfant me fit apparaître soudain, par association d'idées, une nécessité désagréable : à savoir qu'il n'était plus humainement possible de reculer l'échéance de l'aveu de ce mariage à ma mère. Il devenait inconcevable que je pusse cacher plus longtemps ma situation à celle-ci, au risque de courir vers une véritable catastrophe.

Je n'avais, hélas ! que trop longtemps attendu, et il fallait admettre qu'il était déjà bien trop tard pour lui narrer toute mon histoire.

A cette perspective, un frisson désagréable me parcourut l'échine, car je ne me sentais nullement, en ce cas précis, la conscience tranquille.

Edward, dont la voix avait soudain perdu son intonation tendre et douce, presque câline, se tourna à ce moment vers son père et, d'un ton autoritaire que je ne lui avais jamais entendu employer à l'égard de sir Archibald, ajouta :

— Cela dit, je voudrais bien, mon père, que vous me donniez quelques explications sur la présence de cet enfant ici ?... Cet enfant que, normalement, je n'avais pas à connaître tout de suite.

A ces paroles, la surprise me cloua au sol.

Une chose m'apparaissait comme certaine et m'ahurissait. Mon mari, en dépit des remerciements chaleureux qu'il m'avait prodigués quelques jours auparavant, était à peu près aussi ignorant que moi de la signification de la venue de Christian à Uam-Var.

Sir Archibald, contrairement à ce que j'attendais, ne se fâcha point. Il ne répondit pas à son fils de son ton de commandement, mais ce fut presque d'une voix contrite et sur un ton relativement bienveillant qu'il répliqua :

— De quoi t'inquiètes-tu donc, Edward ? Tout cela s'arrangera plus tard... Imite Christiane... Aie confiance en moi.

Puis, jetant un regard pénétrant, d'abord vers la paysanne qui attendait là, immobile, puis vers moi qui restais comme pétrifiée, il entraîna son fils vers le vestibule, après avoir signifié à la femme que l'entretien était terminé.

Je ne pus en savoir, ce jour-là, davantage.

Je demeurai là, seule, en face de Cricri, en proie à mille pensées contradictoires. Mais il y en avait une qui émergeait, qui s'imposait à moi, bien qu'elle fût importune : je n'écrirais pas à ma mère dans le sens que j'avais primitivement décidé, puisque, spontanément, j'avais promis de ne pas le faire. Il était évident que je ne pouvais pas, que je ne pouvais plus ne pas la mettre au courant, ne pas lui donner des explications et continuer de la tenir dans l'ignorance totale de la situation. Mes frères et sœurs allaient certainement arriver pour les vacances, et il n'était décemment plus possible de reculer l'échéance des aveux.

Je restai là, perplexe, indécise, mécontente...

Le sourire reconnaissant de Christian, en me remplissant le cœur de joie, me soulagea un peu. Mais je ne pouvais penser à l'étrangeté et à la complexité des attitudes et des réactions de celui qui était, malgré tout, mon mari, sans éprouver un étrange mélange de joie profonde et d'indicible appréhension.

J'avais beau faire, le mystère continuait. Il m'enveloppait de toutes parts d'une ombre qui s'avérait chaque jour plus dense que la veille.

CHAPITRE XX

Uam-Var, le 10 mai 19...

« Maman chérie,

« Et, maintenant, il faut que je vous fasse un aveu. J'ai décidé de tout vous dire. Il y a trop longtemps que je me tais, mais il m'est impossible de garder le silence plus longtemps. Au début, je vous ai caché la vérité, parce que je voulais ménager votre santé et votre tranquillité... Je me disais aussi qu'avec le temps ce serait plus facile... que les choses s'arrangeraient.

Maintenant, je m'aperçois que, le temps ayant passé, rien ne s'est arrangé et que ce que j'ai à vous dire est encore moins facile à exprimer qu'au début. Je prends cependant mon courage à deux mains pour vous écrire la vérité. Je crois, à présent, que plus j'attendrai, plus cela deviendra difficile.

« *Je suis mariée.*

« Voilà le grand mot lâché.

« Je suis lady Duncan, la femme de sir Edward Duncan, le premier-né de cette famille qui m'a si amicalement accueillie lors de ma venue en Ecosse.

« Cette décision n'est pas venue toute seule. Elle a

été la conséquence de toutes les bêtises que j'ai faites après la mort de papa. Je me suis montrée alors très mauvaise administratrice des deniers qui m'étaient confiés. Loyalement, je vous en ai fait l'aveu avant mon départ de France.

« J'étais très jeune, très inexpérimentée : ce fut là ma seule excuse.

« De votre côté, mère chérie, vous étiez malade. Je ne voulais pas vous inquiéter et, sans le vouloir, sans le savoir, j'ai dilapidé tout l'argent que papa avait laissé en banque. Tout, jusqu'au dernier centime.

« Il fallait réparer, sinon ma faute, du moins ma légèreté et mon incompétence. Il fallait rattraper cet argent trop vite dépensé... Il fallait aussi vous faire vivre et assurer l'instruction de mes frères...

« Quand l'affaire d'Angleterre s'est présentée, avec cette avance providentielle de deux cent mille francs, j'ai estimé qu'il était de mon devoir d'accepter sans hésitation.

« Mais, quand je me suis retrouvée à Londres devant la dure réalité, voyant qu'il était trop tard pour reculer, pour me dérober, j'ai compris que mon sacrifice n'était pas suffisant. L'exil ne signifiait pas grand-chose. Il ne s'agissait pas seulement de devenir une *maîtresse de maison,* dans une antique demeure écossaise : il s'agissait, bel et bien, de devenir la femme légitime du fils aîné du maître de maison et la mère de son enfant. A défaut de mon acceptation, c'était très simple, il fallait rembourser les deux cent mille francs que j'avais touchés.

« Alors, ma maman chérie, ce fut pour moi un terrible problème. Qu'alliez-vous devenir, ainsi que mes frères et sœurs ?

« J'avais des torts à réparer ; pouvais-je vous faire supporter le poids de mes erreurs ? Pouvais-je, de plus, rembourser ces deux cent mille francs qui, d'ailleurs, étaient déjà en partie dépensés ?

« Voilà quel a été l'enchaînement inéluctable des événements. Je suis encore toute tremblante et toute saisie en vous écrivant ces choses après tant de mois que j'ai évité de vous en parler. Si je vous les avoue aujourd'hui, c'est que je sais maintenant que non seulement je me suis assuré une bonne situation, mais que je suis sûre aussi d'être entrée dans une famille digne, honorable, et qui m'entoure de tous les soins, de toute l'affection et de tout le respect possibles. Je puis vous dire à présent la vérité sans craindre de vous faire du mal.

« Un enfant, un petit enfant de trois ans, né d'un premier mariage de mon mari, est ici, avec moi, et il me témoigne un attachement tel que j'oublie souvent qu'il n'est pas le mien. Cet enfant a été élevé en France et c'est un réconfort pour moi que de retrouver ma langue natale sur ces lèvres juvéniles, dans cette contrée si lointaine et si différente de mon pays. La chance a même voulu qu'il porte le même nom que moi : Christian.

« La famille où je suis entrée est très aisée : les facilités financières mises à ma disposition le prouvent, ainsi que les sommes que j'ai pu faire parvenir en France. Mon mari est très bon pour moi, je suis très heureuse et très confiante.

« Je vous demande pardon à genoux, maman, d'avoir dû, à Londres, prendre très vite une décision pareille sans vous avoir consultée, étant donné les circonstances. J'étais déjà entièrement prise dans l'engrenage. Je ne pouvais revenir en arrière... Heureusement, en définitive, tout a fini par tourner au mieux. Les résultats ont été bien meilleurs que ceux que j'attendais, dans un premier moment.

« J'espère, maman, que vous viendrez me voir ici

et que mes frères et sœurs en feront autant au moment de leurs vacances. Ils verront quelle charmante famille est celle de mon mari et que tout se passe ici au grand jour, dans le meilleur des mondes.

« J'attends, maman, que vous me donniez votre bénédiction... »

Paris, le Ier juin 19...

« Christiane,

« Le chèque que j'ai reçu de toi m'avait causé un grand plaisir, car je croyais sincèrement aux histoires que tu m'avais racontées.

« Mais, ce chèque, je te le renvoie aujourd'hui dans cette lettre. Je ne veux rien avoir à faire avec cet argent.

« Ta dernière missive m'a plongée dans un désespoir dont je ne suis pas près de me relever. Ce n'est pas tant les événements qui me frappent, mais bien l'abîme de mensonges et de duplicité dont je te découvre capable.

« Je croyais t'avoir élevée dans la droiture, l'amour de la vérité et avec assez de dévouement pour que tu me témoignes tout le respect voulu. Je ne croyais pas avoir besoin de te rappeler que le premier devoir d'une jeune fille, avant de se marier, est de consulter ses parents. Rien, absolument rien ne pouvait te dispenser de le faire.

« Quelles que soient les circonstances, on peut toujours retarder une décision pareille de quarante-huit heures. Ce délai t'aurait permis de me téléphoner, de me télégraphier, de me demander mon avis, avant de te plonger dans une aventure pareille.

« Tu as épousé un homme que tu ne connaissais

pas. Tu t'es jetée à l'aveuglette dans une aventure sans issue qui pouvait finir très mal....

« Heureusement, ainsi que tu l'affirmes, il n'en a rien été, mais ce résultat n'enlève rien à la gravité de ta conduite à mon égard.

« Si ton père était là, il n'accepterait certainement pas une pareille désinvolture de ta part.

« Quelles que soient les raisons qui ont dicté ta conduite, elles ne te dispensaient nullement de t'adresser à moi et de me prévenir. Tu es majeure, c'est entendu. Légalement, tu peux te passer de mon consentement ; mais une façon si cavalière de procéder est aussi inconcevable qu'offensante.

« Je ne veux donc pas de ton argent, je ne veux pas qu'il soit dit que, pour une question pécuniaire, j'ai failli à mon devoir et accepté tes inconséquences. Bel exemple pour tes frères et sœurs, si un jour ils l'apprenaient. »

Uam-Var, le 6 juin 19...

« Ma petite maman chérie,

« Je ne peux vous dire à quel point m'a peinée votre dernière lettre.

« Je ne m'attendais certes pas à des compliments de votre part, mais vos reproches dépassent, dans le fond et dans la forme, tout ce que je pouvais imaginer.

« Je vous avais envoyé, après bien des hésitations, une lettre affectueuse et confiante en vous disant tout. J'ai évité de vous raconter toutes les angoisses que j'ai pu éprouver pour ne pas vous alarmer. La dureté avec laquelle vous me répondez et à laquelle j'étais loin de m'attendre me plonge dans un abîme de désespoir...

« Il y a beaucoup de choses que je ne puis vous dévoiler, car elles ne m'appartiennent pas ; mais, pour le moment, j'ai promis de me taire et je ne puis y manquer. Je vous donnerai plus tard tous les renseignements voulus. Vous saurez tout à ce moment-là et vous regretterez certainement, ma petite maman, la sévérité dont vous m'accablez.

« Je vous renvoie le chèque de deux cent mille francs. Je vous demande, non pas de le garder pour vous, puisque vous ne voulez pas l'accepter, mais je vous supplie, au nom de mes frères et sœurs, qui en ont le plus urgent besoin, certainement, de prendre cet argent et de les en faire profiter. »

Paris le 15 juin 19...

« Ma chère Christiane,

« Soit. Je garde pour tes frères et sœurs la somme que tu envoies. Mais sache que, tant que tu ne te seras pas complètement justifiée, vu l'étrangeté de cette situation, que, plus je réfléchis, plus je trouve anormale et presque louche, cet argent restera là et ne servira pas.

« On n'a jamais entendu une histoire aussi peu claire et aussi bizarre que la tienne.

« Tu as beau me dire qu'il s'agit d'une famille honorable, je veux bien le croire ; il y a là, néanmoins, un ensemble de procédés que je ne puis que suspecter au plus haut point.

« Tu m'affirmes que tu m'expliqueras tout cela plus tard. J'en accepte l'augure. Pour l'instant, je ne puis juger que sur ce que je comprends.

« Je crois que tu t'es fourrée dans un guêpier dont tu ne mesures pas toi-même tous les pièges et tous les dangers. Et il faut toujours en revenir là : tu as agi par présomption et par inexpérience, sans prendre l'avis de personne. Rien ne serait arrivé si tu n'avais commis l'inconvenance de ne pas me consulter.

« Je souhaite, ma chère Christiane, que tout cela ne se retourne pas finalement contre toi et que tu ne regrettes pas un jour amèrement de ne pas t'être adressée à temps à ta vieille mère.

« C'est tout ce que je te souhaite. »

Uam-Var, le 27 juin 19...

« Maman adorée,

« Je vous remercie d'avoir bien voulu, en définitive, conserver la somme que je vous ai envoyée.

« Je vous supplie encore une fois de ne pas me tenir rigueur. Dites-vous bien, maman chérie, que votre fille est raisonnable, beaucoup plus raisonnable qu'il n'y paraît à première vue, et que, sous aucun prétexte, elle n'aurait accepté de vous faire de la peine.

« Les événements n'ont pas dépendu de ma volonté ; mais restez persuadée que l'homme que j'ai épousé et sa famille sont honorables sous tous les rapports et qu'il n'y a absolument pas à redouter pour moi les catastrophes que vous semblez appréhender.

« Ne soyez pas si pessimiste : rien ne justifie ces craintes. Et essayez de penser à votre fille Christiane avec l'indulgence d'une maman toujours tendrement aimée... »

CHAPITRE XXI

Le château d'Uam-Var est sens dessus dessous.

Pâques approche et, depuis ce matin, un grand événement s'est produit, qui va bouleverser entièrement la vie de ses habitants.

Des hommes de loi, des hommes en noir, sont arrivés depuis une heure et discutent âprement avec sir Archibald et ses deux fils. Enfermés dans le cabinet de travail, ils ont l'air d'élaborer de graves décisions.

Je suis là, plantée, indécise, au milieu du grand salon, à attendre le dénouement. L'entrevue a l'air importante. Il s'agit apparemment d'une chose décisive, si j'en juge par les expressions de la famille Duncan, par les allées et venues du personnel, par l'air affolé de la *bonne dame.*

Cricri est là, à côté de moi, et joue avec Mirza. Il devrait être dehors à l'heure qu'il est, car exceptionnellement, il fait un soleil éclatant, peut-être le premier beau soleil depuis le long hiver écossais.

Mais Cricri préfère toujours ma compagnie à celle de n'importe quel autre habitant d'Uam-Var. Le petit s'est attaché de plus en plus à moi. Il est maintenant un beau garçon de quatre ans accomplis et je dois avouer que, lorsqu'il passe ses petits bras autour de mon cou, câlinement, et qu'il m'embrasse, je me sens toute réconfortée et très fière de la tendresse particulière qu'il me voue.

Dans la triste existence que, malgré tout, je continue à mener à Uam-Var, je me sens réchauffée par l'affection que j'ai su inspirer à cet enfant qui ne peut plus se passer de moi. C'est peut-être, aussi parce que je sais que c'est moi qui ai décidé de son sort d'orphelin, que je me suis également si fort attachée à lui et que je lui sais gré de me réserver toutes ses caresses.

Pas mal de temps s'est écoulé depuis l'arrivée de Christian à Uam-Var. Plus d'un an déjà. Mais les conditions d'alors n'ont pas sensiblement évolué au cours de cette année.

Mon frère Jacques est venu au cours de l'automne dernier, invité par la famille Duncan pour la chasse à la grouse. Ma sœur Madeleine est venue passer les fêtes de Noël avec moi. Ils ont été reçus avec une cordialité extrême, et les deux frères Duncan se sont vraiment dépensés pour organiser des distractions en leur honneur et, dans les deux occasions, marquer le maximum de bienveillance à ces jeunes représentants de ma famille.

Par Jacques, puis par Madeleine, j'ai su que maman me gardait toujours un certain ressentiment... ressentiment maternel, évidemment !

Elle n'acceptait pas ce qu'elle continuait à appeler mon manque d'égards. Et elle persistait à faire la sourde oreille chaque fois qu'il était question de l'inviter à venir passer quelque temps à Uam-Var.

L'attitude de la famille Duncan, durant le séjour de mon frère et de ma sœur, a été on ne peut plus rassurante, on ne peut plus sympathique. Mais ce que je ne pouvais expliquer ni à mon frère, ni à ma sœur, ni à ma mère, c'était pourquoi mes relations conjugales se présentaient sous un jour si particulier. Ce que je n'ai pu dissimuler complètement.

Certes, Edward se montre parfait vis-à-vis de moi. Il est charmant, rempli de gentillesses et de prévenances qui me comblent d'aise.

Il n'est plus jamais froid et distant comme il l'était au cours des premiers mois : nous sommes devenus les meilleurs amis du monde ; mais il n'est pas plus mon mari, au sens biblique du terme, que le premier jour. Et cela se trahit par mille petits riens.

Je me sens même très atteinte par cet état de choses. D'abord, — ce que je n'arrive pas à comprendre, — parce que je me suis beaucoup attachée à mon mari, et que plus le temps passe, plus sa personne envahit ma pensée.

Je dois reconnaître que mon existence, à ses côtés, devient une chère habitude et une tendre nécessité. Pour être tout à fait sincère, j'avoue que me voici amoureuse de mon époux fantôme et que je n'ose plus concevoir la vie sans lui. En moi-même, il me faut bien reconnaître le sentiment intime qui m'attache à lui, quoique je n'en laisse rien paraître au-dehors.

Son attitude me laisse d'autant plus perplexe et angoissée. Je me demande parfois si une raison impérieuse qui me dépasse, un mystère qui m'enveloppe, l'empêchent de faire réellement de moi sa femme. Je crains aussi qu'une raison majeure, et qu'il ne peut me dévoiler, s'oppose à ce qu'il me prenne, un beau soir, dans ses bras.

A moins que ce soit ma personne physique qui le rebute...

Je me prends parfois à douter de moi-même, à me regarder avec méfiance dans la glace.

Et pourtant... pourtant, les regards que je surprends souvent chez lui, posés sur moi, devraient me rassurer à cet égard et me faire pressentir que je fais fausse route, et que ce n'est nullement parce qu'il n'a aucune attirance vers moi que mon mari me dédaigne.

Non, il y a autre chose... autre chose qui le contraint à s'arrêter toujours au bord de l'aveu... autre chose qui brise son élan.

Je me perds en conjectures... mais je n'y peux rien ! Ce n'est tout de même pas à moi de faire le premier pas, n'est-ce pas ?

Et je continue à habiter, solitaire, ma chambre rouge, où jamais aucune visite masculine ne vient frapper à la porte...

Je commence à croire que, malgré les apparences, je finirai dans la peau d'une vieille fille. Je me rends compte que je n'aurai jamais le courage de changer le cours de ma destinée... Je ne m'y résoudrai jamais, car, même en de si tristes conditions, je préfère demeurer aux côtés de sir Edward que de ne plus le voir du tout...

Les hommes d'affaires émergent enfin du cabinet de travail de mon beau-père et me surprennent en proie à ces tristes réflexions.

— Michaël, déclare mon beau-père à son fils cadet, en lui désignant les deux hommes de loi qui les accompagnent, montre à ces messieurs leurs chambres et faites-leur visiter le domaine avant le déjeuner. Pendant ce temps, ton frère et moi, nous nous entretiendrons avec lady Duncan et nous la mettrons au courant de la bonne nouvelle.

Je regarde sir Archibald avec intérêt et avec étonnement, pendant que Michaël sort docilement avec les deux visiteurs, nous laissant seuls.

— Christiane, intervint alors mon mari, la mine réjouie et l'œil pétillant, j'ai une très grande chose à vous annoncer. Il y a un bon moment que j'aurais pu vous en faire part, mais j'ai voulu attendre que la solution fût tout à fait sûre avant de vous la communiquer. Je ne voulais pour rien au monde risquer de vous donner une fausse joie. C'était une simple question d'honnêteté vis-à-vis de vous. Vous avez subi assez de tracas et de préoccupations, à cause de moi, pour que j'agisse avec vous avec la plus grande probité. Sachez que nous venons de gagner un très important procès de succession, qui était pendant devant les tribunaux depuis plusieurs années, Christie... Nous venons d'entrer en possession d'un très grand héritage : de la fortune, des domaines, des titres historiques ; de tout, enfin ! Je vous donnerai, par la suite, tous les détails de cette étrange histoire à laquelle, sans le savoir, vous êtes étroitement mêlée. Apprenez que, grâce à l'heureuse issue de ce procès, je suis, depuis aujourd'hui, pair d'Ecosse et que j'ai le droit de siéger à la Chambre des lords. Vous ne réalisez pas, peut-être, ce que cela représente ; mais sachez que, surtout pour mon père, il s'agit là de l'aboutissement de toute une vie de luttes et d'angoisses. Je remercie le Ciel que ce jour soit arrivé et qu'il me soit permis de vous en faire recueillir les fruits et en partager la joie. Tout d'abord, nous avons décidé qu'il y aurait, à Uam Var, trois jours de fêtes ininterrompues pour célébrer cet événement exceptionnel. Je compte sur vous. Christiane, vous, la plus parfaite des maîtresses de maison...

Il eut un clignement d'œil approbateur et une étrange flamme de gaieté dans le regard en parlant ainsi. Puis il continua :

— Je compte sur vous pour organiser les réjouissances et qu'elles soient dignes d'une telle nouvelle.

Dévorée de curiosité, je souris de toutes mes dents aux deux hommes qui me font face.

— Si vous êtes heureux, je le suis également, affirmai-je. Permettez-moi de vous féliciter, mon père... et vous aussi, Edward... Quant à la fête en question, je vais tout de suite m'occuper d'elle...

Je ne saisis pas exactement toute la portée ni les circonstances de la nouvelle que mon mari vient de me communiquer, mais je constate, et c'est le plus important pour moi en tout cela, que je vais avoir la clef de l'énigme qui m'étreint depuis ma venue dans cette maison.

— Un moment, ma fille, intervient à son tour sir Archibald, un sourire épanoui sur sa face parcheminée et en posant paternellement sa main sur mon épaule. Je tiens à vous déclarer tout de suite Christiane, que c'est grâce à vous que ce procès a été gagné et je tiens à rendre hommage au concours que vous nous avez apporté de même qu'à votre discrétion. Grâce à vous, ma petite fille, qui avez accepté si gentiment le titre d'épouse et de maîtresse de maison, rôle que vous avez su tenir avec brio, sans demander trop d'explications et faisant preuve d'un tact et d'une retenue absolument exceptionnels, nous avons gagné sur toute la ligne... Titres et fortune nous sont à jamais acquis. Pour vous remercier et pour vous donner une preuve tangible de notre reconnaissance, nous avons décidé, mon fils et moi, de mettre à votre disposition une somme équivalente à celle que votre père a laissée en mourant. Nous savons, par des recoupements, et principalement par des renseignements puisés auprès du notaire de votre famille...

Ici, le sourire de mon beau-père se teinte légèrement d'ironie.

— Nous savons quel en est le montant : huit cent mille francs. Cela vous permettra de rembourser à votre famille ce que vous avez dépensé avec — n'est-ce pas ? — plus de bonne volonté que de compétence.

Je deviens rouge comme une pivoine. J'ai beau faire, je ne puis l'éviter.

Je suis un peu humiliée de savoir à quel point sir Archibald connaît tous mes secrets.

Et, soudain, une terreur panique me saisit. S'ils m'offrent une telle somme, c'est sans doute dans le dessein de s'acquitter envers moi. Une fois la dette payée, ils vont considérer que nous sommes quittes, que les comptes sont soldés, que je ne leur dois plus rien, mais qu'ils ne me doivent plus rien non plus.

Mon rôle est terminé, la pièce est jouée !

D'un seul coup, mon cœur s'est atrocement serré.

Ils n'auront plus besoin de moi, ils me renverront en France, comme quelqu'un qui a fait son temps, qui a rempli son emploi et dont on se sépare, puisqu'il a cessé de rendre service.

Un divorce, pensé-je, ne doit pas être difficile ou long à obtenir pour un pair d'Angleterre. Voilà pourquoi mon mari n'a jamais essayé de me faire la cour... Il n'a jamais été question que je sois sa femme pour de bon !... Il ne m'a jamais aimée, comme je l'ai cru, parfois, dans ma naïveté vraiment excessive. Il m'a ménagée, parce que je lui étais utile. Il s'est servi de moi, parce qu'il en avait absolument besoin. Mais je ne compte pas plus pour lui que la *bonne dame* qui le sert depuis des années ou le shetland qui le conduit à la chasse... moins encore, peut-être !... Naïve, sotte que j'ai été de me figurer parfois qu'il en était autrement !...

C'est déjà bien beau, avec le sens de l'économie que j'ai décelé chez mon beau-père, que celui-ci se soit offert de reconstituer le capital laissé par mon père. Sir Archibald aurait pu tout aussi bien ne rien offrir. C'est pure bonté d'âme de sa part !

Mais pour ce qui concerne les sentiments de mon mari, c'est une autre chanson ; il n'existe pas pour moi, dans son cœur, l'ombre d'une émotion !

L'histoire entière de votre singulier mariage n'a jamais cessé d'être une affaire depuis le premier jour jusqu'à aujourd'hui. Une affaire !... Une simple affaire commerciale !... Une affaire d'héritage et rien de plus !

La désillusion qui m'étreint soudain me laisse toute pantelante. O mon pauvre cœur, pourquoi t'es-tu si sottement attaché à celui qui ne t'aimait pas ?...

C'était bien maman qui avait raison de m'écrire que j'allais vers les pires désillusions et vers les plus cruelles mésaventures.

Malgré moi, dans ma mémoire sans défaillance, résonnait l'accent goguenard de mon beau-père, s'étonnant, le premier soir de mon arrivée :

« — Vous ne comptez pas avoir avec lui des intimités tout de suite ? »

Et, pour dissimuler les sanglots qui montent à ma gorge et risquent d'éclater, après une pareille réalisation, je m'enfuis sans même les remercier en plantant là mon mari et mon beau-père, sous prétexte d'aller, de toute urgence, organiser les réjouissances dignes d'un jour aussi fastueux.

Ces trois jours de fête ont été pour moi trois jours d'agonie.

Au milieu des réjouissances, personne ne s'en est douté. Mon orgueil exigeait que je continuasse à sourire et je n'y ai pas manqué.

Mais quel affreux calvaire je viens de vivre ! J'attends maintenant le dernier coup qui m'assommera : la mise en demeure — sous les paroles les plus flatteuses — d'avoir à quitter Uam-Var et à renoncer à mon nom, à mon titre d'épouse.

Ce n'est plus qu'une question d'heures... de minutes, peut-être.

O pauvre de moi !

CHAPITRE XXII

Inverness est une ville charmante. Arrivés hier, dans l'après-midi, nous occupons un magnifique appartement au Grand Hôtel, mon mari et moi. Du salon central, où s'ouvrent, d'un côté, ma chambre à coucher, de l'autre, celle de mon mari, on a une vue splendide sur le golfe et, dans ce tendre crépuscule de la mi-avril, plein de lumière et de reflets on aperçoit dans le lointain jusqu'aux toits pointus de Cromartz.

Le printemps et l'été, en ces contrées où l'hiver est si long et si rigoureux, prennent un relief exceptionnel, une importance inhabituelle, comme s'ils voulaient compenser leur brièveté et leur rareté par leur intensité.

Nous venons de rentrer d'une longue promenade sur le port.

Nous sommes arrivés hier, et c'est bien la première fois que nous nous trouvons seuls dans une pièce depuis notre mariage, loin de toutes nos connaissances et de tous fâcheux.

Je ne sais toujours que penser des événements qui se sont déroulés ces derniers jours.

Tout de suite après la fin des fêtes qui ont salué à Uam-Var l'élévation à la pairie de sir Edward et qui ont duré trois jours pleins, mon mari, à mon grand étonnement, m'a demandé de bien vouloir l'accompagner à Inverness, où il avait différentes affaires à régler.

J'étais ravie, d'une part, de partir avec lui, ce à quoi je ne m'attendais pas le moins du monde, et, d'autre part, n'ayant jusqu'ici connu que d'assez courtes sorties dans les environs d'Uam-Var, chez des amis ou des fermiers, dont les propriétés se dressaient dans le comté, je me réjouissais de cette randonnée imprévue.

J'avais cherché sur la carte l'emplacement précis de la ville d'Inverness et j'avais vu, avec plaisir, que le trajet serait assez long.

De fait, un domestique est venu nous conduire à Lairg. Puis, nous avons suivi le lac Shin, exactement au rebours du premier voyage qui m'a amenée à Uam-Var, il y a de cela presque deux ans.

Que de choses se sont passées dans l'intervalle !

— Oui, bien des choses, en effet...

Et cependant...

Cependant, j'ai beau m'appeler lady Duncan, ce n'est là qu'un titre officiel... uniquement pour la forme et pour les besoins de la cause... Et, avant notre départ, j'ai bien cru qu'Edward m'emmenait pour m'expliquer, loin de tous et en tête à tête, que nous devions nous séparer et devenir étrangers l'un à l'autre.

Mais, pour le moment, essayons de ne plus penser à tout cela. Revenons plutôt aux incidents du voyage.

Au départ d'Uam-Var, Cricri m'a quittée en pleurant. C'était la première fois que nous nous séparions, le cher enfant et moi.

Quand il m'a vue habillée et prête à monter en voiture, il a poussé des sanglots déchirants, malgré mes promesses réitérées de revenir au plus tôt.

Devant ce déluge de larmes, je me sentais le cœur serré.

Son père, comme à l'accoutumée, n'a pas eu de réaction visible devant l'explosion de cette sensibilité enfantine. Flegme ? Indifférence ? Respectabilité ? Marque du caractère britannique, habitué à dissimuler ses sentiments intimes ? Bien fin qui pourrait le démêler.

Il y a des moments où je me demande si Edward n'est pas affligé d'une insensibilité totale. Mais, deux minutes plus tard, je me reproche une telle supposition, en présence d'un regard de lui particulièrement tendre et profond. Si bien que je ne puis juger des véritables sentiments du jeune lord et que je ne sais toujours pas où j'en suis.

Notre voyage nous a fait longer les côtes du Dornoch Firth, le Fleet Tain et le Conon. La côte est, moins sauvage que la côte nord, est admirable dans son âpreté.

Edward s'est montré aussi charmant et empressé que possible. Constamment, il était aux petits soins. Tout son dédain semble avoir disparu. Il est pour moi le meilleur des camarades. En vérité, me témoigne-t-il autre chose que de la camaraderie ?...

Notre appartement, ici, semble avoir été retenu depuis plusieurs jours.

Délicate attention.

Actuellement, Edward, est assis, dans le salon, devant un secrétaire. Il a déjà rédigé plusieurs lettres.

Après avoir longuement contemplé le coucher du soleil par la fenêtre, je rentre dans la pièce et passe derrière la chaise où il est assis. Je regarde machinalement par-dessus son épaule, sans la moindre intention indiscrète. L'enveloppe posée à côté du sous-main attire tout à coup mon attention, car, de toute évidence, elle est libellée en français. Je me penche instinctivement pour mieux voir et je lis :

Madame Hélène Chambreuil

Paris

J'en reste littéralement médusée. Mon mari se retourne, le sourire aux lèvres, puis il continue d'écrire, sans chercher nullement à se cacher. Au contraire, il semble m'inviter à lire par-dessus son épaule. C'est ce que je fais.

Et je lis :

« Madame et chère mère,

« Si vous m'autorisez à vous appeler ainsi, permettez-moi de vous demander respectueusement de vos nouvelles. Et veuillez pardonner mon français, somme toute assez approximatif. Je tiens à manifester le plus grand regret d'avoir été obligé, par les circonstances, d'épouser votre adorable fille un peu vite. Cela a pu vous paraître injurieux ; mais, devant l'affection que je lui porte, j'espère que vous arriverez à pardonner la vivacité et les façons un peu cavalières dont nous avons usé envers vous.

« Je tiens, d'autre part, à vous dédommager de la mauvaise gestion qu'a pu apporter votre grande fille dans votre famille après la mort de son père.

« Je tiens à dire d'une façon péremptoire que, depuis ce temps, Christiane a travaillé si bien, s'est montrée si supérieure dans son rôle de maîtresse de maison, que je suis persuadé que vous n'aurez plus, désormais, que des compliments à formuler sur ses qualités ménagères.

« Croyez, chère mère... etc. »

J'en avais le souffle coupé.

Je demande :

— Est-ce que vous pensez tout cela, Edward ?

Il se tourne vers moi en souriant.

— Mais certainement, dit-il.

— Vous ne comptez donc pas me renvoyer en France, maintenant que ma présence à Uam-Var ne vous est plus nécessaire ?

Comment ai-je trouvé le courage de prononcer cette phrase à haute et intelligible voix ?

Toujours est-il qu'il me regarde d'un œil médusé, puis sévère.

— Oh ! fait-il, quelle singulière idée vous faites-vous donc du mariage ?... En Ecosse, comme en France, les gens mariés restent mariés, et je veux espérer que je n'ai pas démérité de vous jusqu'ici, Christie ?

Dans ma poitrine, mon cœur s'est mis à battre à grands coups sourds et je réplique avec une gravité soudaine :

— Non. Je pense plutôt que c'est moi qui n'ai pas su gagner véritablement votre affection et votre estime, puisque, depuis des mois, vous ne m'avez manifesté que de l'indifférence, pour ne pas dire de l'antipathie.

Si j'avais eu plus de courage, je lui aurais dit combien je tremblais secrètement de n'avoir su gagner son amour !

Il se met à rire avec douceur.

— Qui vous a dit que je ne me suis pas senti séduit dès la première minute ?

Je sens mon visage se décolorer, pendant qu'une sorte de rougeur envahit ses traits. Un silence assez long suit ses paroles.

Au bout d'un moment, redevenu grave, il enchaîne :

— Mais qu'auriez-vous pensé si je vous avais

témoigné du... enfin, si, avant la fin du procès, je vous avais fait la cour ?... C'est bien ainsi qu'on dit en France, n'est-ce pas ?

— Oh ! Edward. Quel rapport ?

— Un rapport terrible, Christiane !... Vous auriez pu croire que mon empressement était intéressé et que je ne vous montrais de l'affection qu'afin de vous garder à Uam-Var le temps nécessaire à la réalisation de nos désirs.

J'en eus le souffle coupé.

— Mon Dieu ! balbutiai-je. Etait-ce donc pour cela ?

— Uniquement pour cela...

— Que vous étiez si froid... si indifférent ?...

— Il me semble que je ne pouvais agir autrement.

— Ainsi, c'était là la vraie raison... Décidément, même entre ceux qui vivent l'un près de l'autre, il existe des montagnes d'incompréhension... et cette incompréhension, cher Edward, provient de ce que les êtres négligent de s'expliquer clairement entre eux...

Il me regarda pensivement avec une sorte d'intensité, comme s'il cherchait à bien pénétrer ma pensée.

— C'est possible, Christie, approuva-t-il à mi-voix. C'est tout à fait possible : on ne se connaît pas et on se juge très mal.

— En effet ! C'est toujours le mal qui vient tout d'abord à l'idée.

— Parfaitement juste !... Ainsi, je puis à présent vous dire qu'au début je vous ai jugée très mal. Il me paraissait (pardonnez-moi une telle pensée, que je me reproche amèrement maintenant que je vous connais), il me paraissait que c'était uniquement pour de l'argent que vous étiez venue à Uam-Var... par intérêt seulement que vous aviez accepté ce singulier mariage et ce titre de maîtresse de maison que l'on vous donnait si cavalièrement.

Je souris sans trop de difficulté, d'un petit sourire à la fois confus et malicieux :

— Evidemment ! L'intérêt fut la pensée initiale qui me fit accepter ce séjour en Ecosse... Puis, quand on exigea de moi le mariage, je compris que la décision à prendre devenait grave... c'était un voyage à sens unique qu'on me proposait pour toute la vie... Un voyage duquel on ne peut pas revenir.

— Et vous avez accepté allégrement ?...

— Oh ! pas allégrement !... Disons gravement et le cœur serré, car je ne vous connaissais pas. Mais on m'avait dit : « Les jeunes filles d'Ecosse ne veulent plus retourner chez elles et les boys de là-bas ont besoin de maîtresses de maison. » Alors, quand j'ai compris qu'il me fallait épouser un garçon d'ici, j'ai senti que j'engageais ma vie... pour toujours, que je ne reviendrais plus en France... C'était terriblement grave ! Mais je me sentais capable d'être une bonne épouse... dévouée et sérieuse... Du fond du cœur, je me suis fait la promesse d'essayer d'aimer mon mari, de me dévouer à sa maison, à ses intérêts... Quand je suis arrivée à Uam-Var, j'étais pleine de bonne volonté.

— Et je vous ai déçue, naturellement ?

— Déçue !... J'ai compris surtout, mon cher mari, que, pris par vos pensées à ce moment-là, vous ne prêtiez guère attention à moi... Ce n'est pas pour rien, je suppose, que vous n'avez même pas daigné assister à votre propre mariage... que vous avez délégué un simple fondé de pouvoir pour contracter cette union par procuration. Les premiers temps, j'avais l'impression déprimante de ne représenter pour vous qu'un objet de mépris... presque de répulsion !

Il eut un geste vif de protestation.

— Oh ! non ! affirma-t-il. Je ne suis pas allé à Londres, en effet ; mais, parmi cinquante portraits que l'on m'avait envoyés, c'est le vôtre que j'ai choisi...

Je sursautai.

— Vous aviez vu ma photo ?

Je n'en revenais pas !

Un peu gêné et rougissant, il avoua :

— Oui... Je vous connaissais un peu, en quelque sorte... Vous ne vous en êtes pas doutée, évidemment, mais dans mon secrétaire, dans ma chambre, je gardais précieusement votre image... Et le mari indifférent qui ne vous regardait pas, dans la journée, se rattrapait, le soir, en vous disant des tas de choses qu'il ne pouvait exprimer de vive voix.

J'étais moi-même devenue toute rouge et, maintenant, mon cœur battait de joie et non plus d'appréhension.

— Je ne m'en doutais pas, c'est certain... balbutiai-je, très émue.

Et comme, instinctivement, des doutes me venaient, j'ajoutai interrogativement :

— Réellement, Edward, ma photo est dans votre secrétaire ?

— Elle n'y est plus...

— Ah !

— Elle y est restée jusqu'au jour où vous n'avez pas voulu qu'un pauvre enfant de quatre ans quittât Uam-Var pour suivre une paysanne inconnue...

— Ah !... et alors ?

— Ce jour-là, j'ai retiré la photo de mon secrétaire...

La rougeur reparut sur ses joues devenues écarlates.

— Elle ne m'a plus quitté, désormais...

Sa voix parut devenir rauque.

— Elle est dans mon portefeuille, Christie... Et j'espère bien que vous me permettrez de l'y laisser.

J'étais devenue aussi embarrassée que lui.

Etrangement émus tous les deux, nous restâmes l'un devant l'autre, n'osant plus nous regarder ni ajouter un mot.

Sa main finit enfin par venir chercher la mienne et ses yeux, presque suppliants, se levèrent vers moi.

— Pardonnez-moi, Christiane. Mais je tiens, comme toujours, à me montrer vis-à-vis de vous parfaitement sincère... On ne construit du solide dans la vie que dans la sincérité... Oui, je vous ai presque méprisée au début... Je ne pouvais vous juger réellement que par vos actes... puis, à vous entendre parler, à vous observer, à vivre avec vous chaque jour, j'ai fini par comprendre ce qui s'était passé ; j'ai senti que vous vous étiez trompée sur le titre de maîtresse de maison qu'on vous avait proposé... que vous aviez accepté mon nom par force... Votre bonne foi avait été surprise... parce que, déjà, vous vous trouviez dans l'impossibilité de rendre la somme qu'on vous avait avancée, et nullement parce que vous étiez une intrigante. Je dois vous avouer même que j'ai fait de discrètes enquêtes... des recoupements... Vos réactions ont achevé de me convaincre !

— Oh ! dis-je spontanément, si vous saviez par quelles affres je suis passée à ce moment-là et depuis !... Je vous avoue que si, à cette époque, j'avais pu rompre ce singulier traité, je l'aurais fait sans hésiter.

— C'est bien ce qu'il m'est apparu. Aussi, plus tard, lorsque vous n'avez pas repoussé le pauvre enfant qu'on vous attribuait... le jour où vous avez élevé la voix en faveur de ce gosse sans mère, vous m'avez troublé profondément. J'ai pu apprécier votre bonté, j'ai mesuré toute la valeur que vous représentiez... Il ne vous est pas venu à l'idée de rendre cet enfant responsable de vos désillusions, de sa naissance illicite, ni de son indésirable présence à Uam-Var.

Ses paroles me sont douces, je l'écoute dans le ravissement... un peu comme une jeune fille reçoit les premiers aveux de celui qui va devenir son fiancé.

Et, tout à coup, cependant, je me demande avec un affreux serrement de cœur si le sentiment qu'Edward semble avoir pour moi n'est pas simplement un sentiment de reconnaissance, sans plus...

— Ce jour-là, poursuit-il, comme s'il lisait dans ma pensée, j'ai contracté vis-à-vis de vous une immense dette de reconnaissance. Je vous en remercie, Christie... Permettez-moi de me dire votre très humble serviteur.

Sa voix se fait plus basse, plus tendre, plus prenante.

Je ne lui connaissais encore ni cette voix ni cette expression. On dirait que c'est la première fois qu'il se dégage d'on ne sait quels liens, que c'est la première fois qu'il est sincèrement, intégralement, sans aucune arrière-pensée, lui-même.

— Je vous dois beaucoup, je ne le répéterai jamais assez, poursuit-il. Je désire, du plus profond de mon cœur, que ce mariage se concrétise définitivement et que vous deveniez pour moi, réellement, la plus chère et la plus aimée des femmes.

Reconnaissance... devoir... gratitude...

Je suis devenue toute rouge d'entendre ce que j'attends depuis si longtemps... Mais, en même temps, je demeure sous l'impression qu'il y a là une foule de considérations qui n'ont qu'un rapport très lointain avec l'amour.

— Estimez-vous réellement, Edward, dis-je avec gratitude, que notre union puisse se faire sur commande et uniquement parce que nous le décidons ?

Il m'a fallu beaucoup de courage pour sortir cette phrase.

Est-ce que je ne risque pas de tout gâcher ?

Est-ce que je ne devrais pas m'estimer bien heureuse... me contenter de ce qu'il vient de me dire ?

Mais la voix qui me répond est plus enveloppante et caressante que jamais. Une voix que je n'avais même jamais soupçonné pouvoir entendre un jour.

— Non, Christie, non, ce n'est pas sur commande... Admettons que ce soit là mon plus grand secret, mon plus cher désir... Je ne demande qu'à vous entourer d'affection, à être pour vous le mari le plus empressé et le plus amoureux de tous les maris anglais ! Faites-moi une petite place dans vos pensées et donnez-moi le temps de mériter votre amour. Est-ce impossible ?

Je pense que je vais me trouver mal. Ce langage et ce ton me troublent jusqu'au plus profond de l'être...

« Donnez-moi le temps de mériter votre amour... »

Mais il y a si longtemps que c'est chose faite ! Il y a si longtemps que j'attends cet instant ! Jamais il ne m'était réellement venu à l'idée qu'Edward pût songer à m'aimer... Ce n'était, au plus profond de moi, qu'un pieux souhait...

Puis-je en douter à présent ?

Edward me prend dans ses bras puissants et nos lèvres se prennent dans un baiser sans fin... le premier baiser que je reçois, un baiser où je crois que je vais exhaler mon âme...

Au bout d'un temps qui me semble très court et qui, en réalité, doit couvrir plusieurs minutes, nous

nous détachons sans cesser de nous dévorer du regard. Je crois entendre en un murmure :

— Christiane, ma chérie... mon adorée...

Nos lèvres se rejoignent encore une fois.

— Savez-vous ce que nous allons faire ? me demande Edward, après un nouveau laps de temps qui contient toutes les douceurs et toutes les ivresses. Nous allons partir pour un voyage en France. Il faut que votre maman me connaisse autrement que par une lettre. Il faut aussi que, tous les deux, nous nous retrouvions un peu seuls, ce qui n'est pas possible à Uam-Var, pas plus que dans le château de mon oncle que je viens d'hériter et que nous irons vraisemblablement habiter à notre retour. Cela dit, je vous dois encore un certain nombre d'explications...

— Vous ne me devez aucune sorte d'explication, dis-je en souriant et en prenant sa belle main entre les miennes.

— Je vous en prie, ma chérie, il faut que vous sachiez...

Il sourit à son tour.

— Comprenez-moi bien, Christiane. Il y a deux ans que mon oncle est mort. Or, il exigeait que, lors de l'ouverture de son testament, je fusse marié et père de famille. Il demandait d'ailleurs que je choisisse pour épouse une Française et me fixait un délai de deux ans pour répondre à ses désirs... Mon oncle était un original, très misogyne, ayant beaucoup vécu sur le continent et auprès duquel, dans sa vie, seules les femmes françaises avaient su trouver grâce, à commencer par sa mère, une vraie fille de France, et qui avait été une épouse admirable. Il fallait donc en passer par où il exigeait, à moins de renoncer à son héritage, ce que j'eusse préféré. Mais mon père n'était nullement de cet avis : il ne voulait pas que le titre et la fortune de mon oncle tombassent en d'autres mains.

Edward avait glissé son bras autour de ma taille. Ainsi enlacés, nous nous approchâmes de la fenêtre qui donnait sur le golfe.

A travers la vitre, on commençait à apercevoir les lumières clignotantes de la ville et les feux de positions des bateaux amarrés dans le port.

— Or, poursuivit mon mari, qui tenait à ce que je n'ignorasse rien des données du problème et des raisons de ma venue chez lui, aucune femme ne me plaisait parmi celles que je connaissais. D'un autre côté, ce mariage imposé m'était profondément désagréable. Je déclarai à mon père que je prendrais la première femme venue, française ou non. Il n'avait qu'à décider lui-même. C'est alors que, me prenant au mot, il eut l'idée de demander pour moi une épouse en France. D'une part, pensait-il, cela répondrait aux désirs du défunt, et, d'autre part, si je devais plus tard songer au divorce, l'histoire ferait beaucoup moins de bruit que si j'avais choisi une femme anglaise.

Edward me regarda intensément, comme pour se faire pardonner d'avoir accepté une telle éventualité.

— Je le laissai faire, continua-t-il. Tout m'était égal, et j'étais bien décidé à ne pas m'attacher à cette femme dont je me séparerais aussitôt que possible. L'homme propose et Dieu dispose, ainsi que vous dites en France. Il se trouva que, contrairement à mes prévisions, vous étiez charmante, bien élevée et on ne peut plus attrayante et sympathique. Le sort jouait en ma faveur et je commençai très vite à croire qu'il avait mis sur ma route une épouse parfaite, capable de me rendre le plus heureux des hommes. Encore fallait-il qu'elle m'agréât par la suite véritablement comme mari. Voilà pourquoi, ma petite Christiane, conclut-il en posant ses deux mains sur mes épaules, voilà pourquoi, aujourd'hui, je vous demande d'être ma femme dans toute l'acception du mot.

Je le regardai droit dans les yeux. Une ineffable douceur me prenait à la gorge, comme une envie de pleurer. J'étais incapable de prononcer un mot.

Pour toute réponse, je mis mes deux bras autour de son cou et l'attirai vers moi.

Nos bouches se rejoignirent, une troisième fois, comme pour étancher une soif qui nous tenaillait depuis longtemps, comme aussi pour récupérer l'immense somme de baisers dont nous avions été frustrés depuis des mois et des mois...

C'est ainsi que nous rentrâmes, enlacés, dans ma chambre à coucher.

Ce qui s'est passé à partir de ce moment-là, en vérité, ne se raconte pas...

ÉPILOGUE

Edward n'avait pas attendu une minute de plus pour user de ses droits, je dois l'avouer. Quant à moi, j'avoue n'avoir opposé aucune résistance.

Il se révélait le plus séduisant des maris. Sa main passée sous mon bras, me serrant contre lui, nous allions ainsi enlacés à travers Inverness, que ce fût au cinéma, que nous nous promenions sur le port, que nous allions dîner dans un restaurant à la mode, ou que nous rentrions à l'hôtel. Ce n'était peut-être pas une coutume anglaise, mais qui aurait pensé à nous le reprocher, en nous voyant si simplement épris l'un de l'autre ?

J'étais la plus heureuse des femmes et je puis dire que l'intensité de mon bonheur était proportionnelle à l'attente que j'avais endurée pour y parvenir.

Nous passâmes huit jours à Inverness, huit jours de délices qui furent en quelque sorte le début de notre lune de miel.

Puis nous songeâmes au retour, sir Archibald nous ayant chargés d'un tas d'acquisitions que nous devions lui ramener et mon mari en ayant terminé avec ses rendez-vous d'affaires.

Le jour du départ, tandis qu'Edward choisissait quelques publications, je regardais les étalages des kiosques dans le hall de la gare. L'un d'eux offrait un véritable amoncellement de jouets et je restai en arrêt devant un polichinelle tout brillant, aux multiples couleurs.

Je pensai alors, avec une singulière émotion, au pauvre Christian resté dans le Meallen Fhuarain. Je ne pus me tenir de faire emplette du polichinelle pour qu'à notre retour il y eût un enfant heureux à Uam-Var.

Mon mari, qui venait de sortir de la librairie voisine, vit mon geste.

Aussitôt que je l'eus rejoint, il me prit la main et la baisa longuement, comme il avait fait déjà le jour où j'avais plaidé la cause de Cricri.

— Vous êtes exquise, petite lady, de songer à cet enfant, dit-il avec une soudaine émotion ; peut-être avez-vous pu vous étonner parfois de mon comportement à son égard... Je ressens pour lui une vive affection, certes, mais la fibre paternelle n'a jamais pu s'éveiller en moi.

J'écoutais, stupéfaite, n'en croyant pas mes oreilles.

Il dit lentement :

— Cet enfant, Christiane, n'est pas à moi...

J'eus un grand cri d'incrédulité :

— Comment ? Christian n'est pas votre fils ?

— Non, c'est le fils de Rodney, mon frère aîné... de Rodney qui, en vérité, eût dû hériter à ma place des biens et du titre de l'oncle Benstrong... Le hasard, souvent capricieux, en a décidé autrement... Rodney a trouvé la mort en France, victime d'un accident d'automobile, alors qu'il allait reconnaître l'enfant, né d'une femme très aimée avec laquelle il avait vécu à Paris pendant près de deux ans et qu'il comptait épouser. Cette femme elle-même venait de mourir en Normandie des suites d'une fièvre puerpérale... C'est ainsi que le petit Christian resta orphelin et sans état civil. Il fut recueilli par sa grand-mère, une brave paysanne, qu'il appela « maman Gertrude » dès qu'il put parler et dont il a si souvent prononcé le nom...

J'étais comme écrasée par cette révélation. Ecrasée et bouleversée à la fois, agitée de sentiments confus où la joie de savoir mon mari non responsable de cette paternité, si longtemps mystérieuse pour moi, se mêlait à une tendre pitié pour le cher petit orphelin.

Edward poursuivait :

— Mon père, qui était allé avec moi chercher en France le corps de mon frère pour le ramener en Ecosse, apprit d'un ami de Rodney cette aventure d'amour... Il ne s'y attacha pas tout d'abord... Le chagrin obnubilait en lui toute autre considération. Pourtant, il avait donné des ordres à son homme d'affaires pour qu'une certaine somme fût versée, chaque année, à la vieille femme qui prenait soin du baby.

« Lorsque mon oncle Benstrong mourut, il y a deux ans, en m'instituant conditionnellement son héritier, mon père s'intéressa à l'enfant inconnu qui vivait en Normandie. N'était-il pas le fils de Rodney ? Il sentit alors qu'il avait des obligations envers l'enfant de son cher disparu et, en faisant conclure notre mariage, il nous fit reconnaître légalement le bambin orphelin. D'oncle, je devins père, sans que j'y fusse pour rien... Néanmoins, comme j'avais toujours eu une grande affection pour mon frère aîné et bien que les décisions prises par le chef de notre famille fussent contraires à mes intérêts, puisqu'elles lésaient mes futurs enfants — les nôtres, Christie — en faisant de Christian mon fils aîné, donc l'héritier légal de ma fortune, je m'inclinai sans discuter. C'est donc le bâtard de mon frère qui héritera de tous nos biens ; nos enfants en seront frustrés, puisque mon père en a décidé ainsi sans me consulter. Que sa volonté soit faite ! Je n'attache pas à l'argent et aux titres la même importance que mon père. Normalement, j'étais le cadet... Cadet je resterai et loyal dépositaire d'une fortune que je dois passer intégralement à mon successeur. J'essaierai de faire de mes propres enfants des êtres instruits et sérieux, capables de gagner honorablement leur vie.

« Voulez-vous m'aider consciencieusement dans cette tâche, Christiane ? Le petit Christian ne doit pas souffrir de cette étrange situation ; mais nos enfants, aussi, devront être mis à l'abri du besoin, et cette pensée devra nous obliger quelquefois à freiner nos dépenses et nos désirs de luxe.

Je mis toute mon âme dans ma réponse :

— Je pense comme vous, Edward. Oui, nous devons chérir sans la moindre arrière-pensée le pauvre enfant qui n'a pas demandé à naître et qui, pour le moment, ne réclame de nous que tendresse et protection.

— Il est indiscutablement de notre sang...

— C'est le fils de votre frère, victime d'un destin affreux... et victime lui-même, puisque privé de ses appuis naturels.

— Je vous remercie d'en juger ainsi, Christie. Pardonnez-moi si, tout à l'heure, je vous ai exposé, peut-être avec un peu d'amertume, la situation à laquelle il nous faut faire face. Je vous sais gré, mon amie chérie, de témoigner à l'orphelin plus et mieux qu'une condescendante affection... Votre désir de lui donner une joie en lui apportant ce beau joujou m'en est une preuve nouvelle... Vraiment, je ne sais comment vous en remercier.

— Ne me remerciez pas, Edward. Cricri est bien

notre enfant, puisque nous l'avons reconnu comme tel... Il est l'enfant d'un frère chéri et il semble qu'il ait apporté le bonheur sous le toit d'Uam-Var, puisque votre procès est gagné et que nous sommes attachés l'un à l'autre pour les bons et les mauvais jours, alors que les singuliers événements qui m'ont amenée en Ecosse auraient pu nous séparer... Ne pensez-vous pas, Edward, que tout est bien ainsi?

— Vous êtes très bonne, mon aimée, et je vous suis profondément reconnaissant de prendre ainsi les choses... sans m'en vouloir de ce qu'elles soient moins belles qu'elles auraient pu être... sans en faire retomber le poids sur la tête de l'innocent Cricri.

— Je ne puis en vouloir à personne, Edward. L'avenir que vous m'offrez et le présent si riant aujourd'hui sont mille fois plus beaux que tout ce que je pouvais espérer... Je comprends parfaitement qu'un homme puisse ne pas éprouver, dans un cas semblable, les mêmes sentiments qu'une femme, même si celle-ci n'est pas directement intéressée à la question. Tranquillisez-vous et mettez votre cœur en paix. Nous aimerons Cricri parce qu'il est le rejeton d'un être aimé fauché par le destin. Et nous aurons d'autres enfants. Le premier se mêlera à ses frères et sœurs. Nous finirons par ne plus même nous souvenir de la façon dont il est arrivé à Uam-Var.

— Merci, répéta-t-il, merci du plus profond de mon cœur, ma bien-aimée!

Emus, souriants, n'ayant plus rien d'obscur entre nous, pleins de confiance en l'avenir, nous montâmes dans le train, joyeux à la pensée de retrouver le vieux donjon familial où nous attendait le bonheur...

*
* *

Je n'ai plus grand-chose à raconter.

Nous nous sommes d'abord rendus en France, où

Edward a fait tout de suite la conquête de ma mère, comme il avait fait celle de mes frères et sœurs pendant les vacances.

Nous dûmes exposer par le menu à ma chère maman l'histoire entière de notre mariage. Tout lui en sembla merveilleux... Comme femme d'officier, elle avait parcouru le monde, vu et entendu beaucoup de choses étranges au cours de ses voyages. Cependant, elle était loin de soupçonner la possibilité d'une aventure semblable à la nôtre. Elle marqua une surprise extrême.

— Jamais, répétait-elle, jamais je n'aurais supposé que ma petite Christiane, cette enfant si sage et si docile, pût accepter si simplement d'être l'épouse d'un inconnu.

Je la sentais suffoquée d'apprendre que la cause initiale de mes mésaventures remontait aux dépenses inconsidérées qui avaient jalonné mon apprentissage de maîtresse de maison.

Ce fut certainement pour elle une constatation qu'elle ne devait pas oublier de sitôt. Sa fille, sa grande fille, en qui elle avait toujours eu tant de confiance, qu'elle croyait si bien instruite des affaires du ménage, avait passé de pareilles heures de remords et d'inquiétude !... C'était fantastique, extraordinaire, inconcevable. Ma pauvre maman commençait indiscutablement à se sentir d'un autre âge. La jeunesse d'aujourd'hui prenait bien tôt ses responsabilités.

Naturellement, nous ne lui parlâmes pas de Cricri, cela ne regardait qu'Edward et moi... Puisque nous avions accepté d'être le père et la mère du bambin, nul ne devait savoir ce qu'il en était réellement.

Tout est bien qui finit bien. Maman me pardonna facilement, comme savent pardonner toutes les mères ! Elle accueillit de bon cœur, et même avec joie, le mari que le Ciel m'avait réservé. Elle ne pouvait décemment pas ne pas l'accepter, devant la plénitude du bonheur que celui-ci savait me procurer.

*
* *

Des jours... des mois... des années ont passé.

J'ai, maintenant, des enfants bien à moi. Mais ma tendresse se partage sans arrière-pensée entre eux et le petit Christian, qui continue à me témoigner une tendresse filiale et une préférence marquée.

Je suis une heureuse maman et la plus heureuse des femmes. Et je souhaite à celles de mes petites compagnes qui ne sauraient pas très bien régenter le ménage de leur mère, si le destin les plaçait à leur tour dans cette obligation, d'apprendre l'économie et la tenue d'un foyer afin que, si elles ont un jour à remplir un rôle de maîtresse de maison semblable au mien, elles soient à la hauteur de leur tâche.

Pour leur fierté de femme, pour leur bonheur d'épouse !...

FIN

Achevé d'imprimer le 3 novembre 1981
sur les presses de l'Imprimerie Bussière
à Saint-Amand (Cher)

— N° d'édit. 29 — N° d'imp. 1879. —
Dépôt légal 4e trimestre 1981.

Printed in France

ISBN 2-235-01207-8

